KB062375

로크미디어가
유혹하는
재미있는 세상

ROK
MEDIA
로크미디어

이것이 법이다

이것이 법이다 41

2018년 8월 30일 초판 1쇄 인쇄
2018년 9월 4일 초판 1쇄 발행

지은이 자카예프
발행인 이종주

기획 팀 이기헌 왕소현 박경무 이승제
책임 편집 최전경

발행처 (주)로크미디어
출판등록 2003년 3월 24일
주소 서울시 마포구 성암로 330 DMC첨단산업센터 3층 318호, 319호
Tel (02)3273-5135 **Fax** (02)3273-5134
홈페이지 rokmedia.com **E-mail** rokmedia@empas.com

값 8,000원

ISBN 979-11-294-0824-2 (41권)
ISBN 979-11-255-9575-5 04810 (세트)

이것이 법이다

41

자카예프 장편소설

로크미디어

이 소설은 픽션입니다.
등장하는 인물 및 지명 등은 현실와 연관이 없습니다.
또한 소설 내에 나오는 법이나 법리 해석의 경우에도 대
중문학의 극적 전개를 위하여 일부분 과장되거나 변형된
것이 존재하니 실제 법과 혼동하지 않으시길 바랍니다.

CONTENTS

집사 변호사

"끝내준다."

"응?"

의뢰인 접견을 마치고 나온 노형진은 기다리고 있던 손채림의 말에 어리둥절한 얼굴이 되었다.

"뭐가?"

"아까 있잖아, 어떤 여자 변호사가 들어갔는데 진짜 예쁘더라. 쭉빵이야, 쭉빵."

"너도 여자거든! 그런 말이 나오냐?"

"뭐 어때? 여자들도 똑같아. 뭐, 여자는 예쁜 여자 보면 질투만 하는 줄 아나?"

노형진은 어깨를 으쓱했다.

"아니야?"

"아니야. 예쁜 건 예쁜 거지. 특히 나랑 상관없는 여자일 때는 말이야, 감탄도 한다고."

"도대체 얼마나 예쁘기에?"

노형진은 살짝 관심이 생겼다.

물론 그 관심의 대가는 잔혹했다.

"꼴에 남자라고 예쁘다고 하니까 헉헉거리는 거 봐라."

"헉헉은 무슨."

"알아. 알지, 그럼. 넌 고자가 아니잖아?"

히죽거리는 손채림.

노형진은 그런 그녀를 보면서 기가 막혔다.

"너 요즘 참 많이 바뀌었다?"

"뭐가?"

"그냥 좋게 말하면 자유롭다고 해야 하나? 나쁘게 말하면 방방 뜨는 느낌?"

"아…… 그런가?"

손채림은 자신의 요즘 행동을 떠올려 보다가 고개를 끄덕거렸다.

"그런 것 같네. 뭐 어때, 난 이게 편한데."

"그래?"

의외였다.

노형진이 기억하는 손채림은 언제나 조용하고 침묵을 지

키는 타입이었기 때문이다.

뭐, 가끔 자기들끼리 있으면 순간 능글맞은 모습이 나오기는 했지만 요즘처럼 자유분방하지는 않았다.

'나와서 살아서 그런가?'

그녀의 집은 상당히 고지식한 타입이다.

소위 말하는 상류층. 그것도 갑자기 부자가 된 것이 아니라 과거부터 부자였던 집안.

그렇다 보니 자유스러운 것과는 상당히 거리가 있다.

'뭐, 자기 성격에 맞게 산다면야.'

노형진은 어깨를 으쓱했다.

자기가 원하는 대로 살 수 있다면 그것도 행복이니까.

"그나저나 그 여자 요즘 자주 보이네."

"자주 보인다고?"

"그래. 올 때마다 있던데?"

노형진은 고개를 갸웃했다.

변호사는 수임한 사건을 해결하기 위해 당연히 이곳 구치소에 와야 한다. 따라서 변호사가 여기에 오는 것은 딱히 이상한 일은 아니다.

'그런데 올 때마다 있다고?'

노형진은 다른 사람보다 사건이 많은 편이다. 그래서 여기 구치소에 오는 경우도 상당히 많다.

노형진이 오면 손채림도 같은 팀원으로서 같이 오고 말이다.

그런데 그럴 때마다 있다?

'그러면 사건을 나만큼이나 많이 한다는 건데?'

그런 사람이 없으라는 법은 없기 때문에 노형진은 가볍게 생각했다.

"뭐, 그럴 수도 있겠지."

"그런가? 그렇게 자주 오는 게 정상이야?"

"상황에 따라서는. 특히나 증거가 증언뿐이라면 사전 청취를 확실하게 해야 하니까."

"흠……."

손채림은 고개를 끄덕거렸고, 노형진은 서둘러서 자신의 가방을 챙겼다.

"빨리 움직이자고. 우리가 할 일도 그쪽 못지않게 많으니까."

"그래야지."

손채림은 그렇게 말하면서도 뭔가 켕기는 듯한 얼굴로 고개를 돌려서 구치소를 한번 바라보았다.

⚖

"오늘은 왜 그래?"

며칠 뒤 구치소에서 다시 나오던 노형진은 고개를 갸웃했다.

"그 변호사를 봤어."

"누구?"

"그 쭉쭉 빵빵."

"그 여자 변호사 말이야? 그런데 왜?"

"아까 갔는데, 울던데?"

"울어?"

노형진은 고개를 갸웃했다.

변호사쯤 되면 여기서 울 말한 일은 없다.

물론 범죄자라는 인간들이 인격적으로 완성된 사람들이 아닌 만큼 그들이 욕을 하거나 지랄을 하는 경우가 없는 것은 아니다.

하지만 대부분의 경우 변호사가 갑이고 범죄자가 을이기 때문에 변호사에게 뭐라고 하는 사람은 극히 드물다.

"피해자가 불쌍한 사람인가 보지."

노형진은 아무렇지도 않게 이야기했다.

여자 변호사라면, 특히 손채림의 말대로 아직 경험이 부족한 여자라면 감정적으로 흔들리기 쉽기 때문이다.

'그러고 보니 이상하네.'

경험이 부족한 변호사에게 사건이 넘친다?

왠지 이상하다는 생각에 노형진은 고개를 갸웃했다.

하지만 이상한 것은 그것만이 아니었다.

"그런 건 아니던데."

"뭐?"

"누가 봐도 서러워서 우는 것 같던데?"

"서러워서 운다고? 의뢰인이 불쌍해서 운 게 아니고?"

"응. 그 두 개는 완전히 다르다고."

노형진은 머리를 북북 긁었다.

그러다가 어떤 상황인지 이해가 가자 절로 눈을 찡그릴 수밖에 없었다.

"지랄 같은 상황이네."

"응? 지랄 같은 상황이라고?"

"그래."

"뭐가?"

"정상적인 변호사는 아닐 거야."

손채림은 고개를 갸웃했다.

정상적인 변호사가 아니라면, 다른 방법으로 변호사가 되었다는 뜻인가?

"비리로 변호사가 되었다 이거야?"

"아, 그런 건 아니야. 하지만 업무에 관해서는…… 정상적인 업무를 못 한다는 거지."

"업무에 관해서?"

"그래, 업무에 관해서는 말이야. 아마도 집사 변호사 같은데."

"집사 변호사?"

낯선 단어에 손채림은 고개를 갸웃했다.

집사와 변호사라는 단어는 서로 다른 의미를 가지고 있고 상응하는 부분도 없다. 그런데 집사 변호사라니?

"그런 게 있어. 이 모든 걸 대충 이어 보자면 결론이 나네."

집사 변호사란 변호사이지만 사실상 변호사 업무를 하지 않는, 아니 하지 못하는 사람이다.

"그게 뭔데?"

"말 그대로 집사 노릇을 하는 변호사야."

구치소의 생활은 열악하다. 일반적으로 사람들이 생각하는 것보다 더 열악해서, 식수도 한정적으로 제공될 정도로 삶에 불편함을 준다.

사실 그곳의 생활이 편하다면 개나 소나 다 그냥 감옥에 가려고 할 테니 불편하게 만드는 게 당연한 일이기는 하다.

문제는 부자들이다.

"일반인도 그곳에 가면 불편하다고 생각해. 힘들고 고통스럽지."

"그런데?"

"그런데 돈 있는 부자들이 그곳에 가게 되면 어떻게 될까?"

"아!"

평생을 고생이라고는 해 보지 않고 편하게 남을 부리면서 살았던 자들이니 적응이 쉽지 않은 것은 당연한 일.

"그래서 변호사들, 아니 로펌 중 일부는 그들에게 사람을 보내서 편의를 도모하지."

구치소에서 변호사와 피의자가 만나서 사건에 대한 변론

을 준비하는 곳으로 쓰이는 접견실. 그곳은 사용 제한도 없고 누군가의 감시도 없다.

더군다나 구치소 내부보다 훨씬 안락하고 편하다.

사용 대상이 피의자뿐만 아니라 변호사까지 포함된 공간이기 때문이다.

"그래서 변호사들이 가서 접견을 이유로 그들이 무한대로 그곳을 쓰게 해 주지."

"헐."

"그렇다면 지금 상황이 이해가 가."

젊어 보이는 여성 변호사가 매일같이 이곳으로 오는 이유는 그것 말고는 딱히 답이 없어 보였다.

"그게 힘들어?"

"단순히 편의만 봐주는 게 아니야. 말 그대로 좁은 공간에 변호사와 피고인이 함께 있다고 생각해 봐. 거기에다 상대방은 돈 때문에라도 잘 보여야 한다고. 상대방에게 하루 종일 재롱 잔치를 해야 한다는 소리야."

"으엑."

상황에 따라 적응하는 게 인간이라고 하지만 결코 적응하지 못하는 상황도 있기 마련이다.

"그리고 보통 피의자가 남자인 경우에는 여자를, 그것도 젊은 여자 변호사를 많이 보내지."

"헐."

"문제는 그 경우에 그다지 상황이 좋지는 않다는 거야."

일단 부자들이 모두 나쁜 놈은 아니지만 반대로 부자가 착할 가능성이 낮은 것도 사실이다.

더군다나 평소에 남을 부리던 자가 범죄를 저지르고 구치소까지 왔는데 과연 자신의 잘못을 뉘우치고 반성하면서 다시는 안 그럴까?

'그럴 리가 있나.'

대부분의 경우 반성이라는 것은 법률적 용어에 지나지 않는다.

변호사가 제출하는 변론서에 피고인이 반성했다고 한다거나 탄원서에 반성하고 있으니 봐 달라거나 잘해 봐야 피고인이 반성하고 있어서 선처하고 있다는 식의 판결문에만 존재하는 단어이며, 실제로 범인 중에서 반성하고 개과천선하는 확률은 10퍼센트 미만이라고 봐도 무방하다.

"당연히 그런 상황이라면 내부에서 성희롱도 벌어질걸."

"뭐? 아니, 그걸 그냥 둬?"

"새론에서는 집사 변호사를 운영하지 않으니까 네가 모르는 것뿐이야. 애초에 새로 들어온 신입들에게는 일종의 통과의례라고."

그래야 나중에 부자 의뢰인에게 알랑방귀를 꾸미면서 돈을 벌어다 줄 수 있으니까.

"그리고 기본적으로 그곳에서 벌어지는 모든 사항은 기밀이야."

변론에 관련된 사항이기 때문에 그 안에서 벌어지는 일이나 대화에 대해서는 녹음도 녹화도 불법이다.

"그래서 서러워서 운 건가?"

"글쎄……."

그럴 수도 있다.

하지만 노형진은 켕기는 것이 있었다.

"시간이 지나면 알겠지만 말이야."

확실한 것은, 집사 변호사라는 제도가 결코 좋은 것은 아니라는 것이다.

"누군지 모르지만 참 머리 좀 아프겠네."

노형진은 그저 혀를 끌끌 차는 것 말고는 할 수 있는 게 없었다.

⚖️

"이 일도 빨리 끝내야지."

노형진은 툴툴거리면서 구치소 바깥으로 나왔다.

의뢰인을 구하기 위해 몇 번이나 오는 곳이기는 하지만 그다지 다시 오고 싶은 곳은 아니라는 게 실제 마음이다.

"응? 어디 간 거야?"

노형진은 밖에서 자신을 기다리고 있을 줄 알았던 손채림이 없자 고개를 두리번거렸다.

"이 시간에 도대체 어디로 간 거야?"

그러다 문득 저쪽에서 어떤 여자와 함께 있는 손채림을 보고는 기가 막혔다.

"아니, 바빠 죽겠는데 뭘 하는……?"

노형진은 그쪽으로 다가가다가 여자를 보고 속으로 살짝 놀랐다.

'뭐야, 고우리잖아?'

같이 있는 여자는 늘씬한 외모를 가진 사람이었다.

아마도 그동안 손채림이 말한 여자가 그 여자인 듯했다.

그리고 노형진은 그녀가 누군지 알고 있었다.

물론 그녀와 일면식이 있는 것은 아니다. 하지만 대한민국 국민 중 대다수는 그녀가 누군지 알 것이다.

'저 사람이 왜? 아, 그 소문이 사실이었나?'

고우리는 '밀키웨이'라는 걸 그룹의 멤버였다. 하지만 모든 걸 그룹이 그렇듯 인기가 영원할 수는 없고, 그녀는 그 점을 확실하게 알고 있었다.

그녀는 인기가 떨어지는 듯하자 다른 사람과는 다른 길을 선택했다.

일반적으로 걸 그룹에서 인기가 떨어지면 연기자로 나가기 마련이다. 연기자가 걸 그룹보다는 생명력이 기니까.

하지만 그녀는 은퇴를 하고 변호사가 되겠다고 했다.

'그 후에는 본 적이 없는데.'

사실 뉴스에 그녀의 사법시험 합격 소식이 전해지기는 했지만 노형진이 관심이 없었다고 보는 게 맞는 말일 것이다.

'음······.'

노형진은 함께 있는 그 두 사람을 보다가 머쓱한 얼굴로 그녀들에게 다가갔다.

"뭐 해?"

"아, 인사해요, 언니. 이쪽은 노형진이라고, 변호사야. 내 친구이기도 하고. 이쪽은 고연미라고, 역시 변호사 언니."

"응?"

자신이 아는 이름이 아니자 노형진은 그녀를 살짝 바라보았다. 하지만 자신이 아는 그 얼굴이 맞다.

"안녕하세요. 고연미라고 합니다."

눈물을 닦으면서 애써 침착하려고 하는 그녀.

그녀는 노형진의 얼굴을 보고는 왜 그런지 알아차렸다.

"고우리는 활동할 때의 가명이었어요."

"아······ 그런가요? 노형진이라고 합니다."

노형진은 엉겁결에 자신의 명함을 꺼내서 건넸고, 그녀 역시 자신의 명함을 꺼내서 건넸다.

"활동? 뭔 활동? 언니, 뭐 했어?"

"아이돌이셨지, 한때는."

"헐?"

생각지도 못한 말이 깜짝 놀라는 손채림.

예쁘다고는 생각했지만 설마 진짜 아이돌이라고는 상상도
못 했던 것이다.

"과거 이야기인데, 뭐."

자연스럽게 반말을 주고받는 두 사람.

'또 언제 이렇게 친해진 거야?'

노형진은 고개를 갸웃했다.

하지만 그러려니 했다. 손채림에게는 특유의 친화력이 있
으니까.

"벌써 몇 년 전의 일인데요."

"그러니까 대단한 거죠."

아무리 살짝 인기가 식을 때라고 하지만 그래도 인기가 있을
당시였다. 더군다나 그녀의 나이를 생각하면 더더욱 말이다.

최고의 자리에서 미래를 예상하고 스스로 다른 길을 선택
한다는 것은 절대 쉬운 일이 아니다.

'그리고 그만큼 똑똑하다는 뜻이겠지.'

사실 아이돌 활동 중에는 공부하는 게 쉬운 게 아니다.

한평생 공부만 해도 나가떨어지는 것이 사법시험인데 아
이돌 하면서 공부를 병행해서 사법시험을 통과했다는 것은
결코 쉽게 볼 일이 아닌 것이다.

"헐…… 언니, 대단하네."

"그런데 길을 잘못 선택했나 봐."

"아니라니까. 그 녀석이 미친놈이라니까!"

왠지 슬픈 모습으로 말하는 그녀를 보면서 노형진은 왠지 머리가 지끈거렸다.

'뻔하구먼.'

고개를 절레절레 흔드는 노형진.

결국 그는 그냥 대놓고 물어보기로 했다.

"누굽니까?"

"네?"

"누구한테 가시는 건데요?"

"그게……."

"말해 보세요. 저도 변호사입니다. 아니, 고연미 씨보다는 더 선배 변호사죠. 알 만큼 압니다."

고연미는 살짝 놀랐다. 노형진이라고?

'그러고 보니 그런 사람이 있다고 했지.'

노형진이라는 이름은 낯설지만 그 존재에 대한 소문은 많이 들었다.

어마어마하게 돈이 많아서 취미 삼아 변호사 하는 사람이라는 소문부터 검찰 분쇄기, 세 치 혀 끝에 갈고리를 달고 다니는 놈이라는 소문까지.

하여간 걸려서 좋은 꼴 못 봤다는 소문은 많이 들었다.

얼굴은 처음이지만.

그리고 욕이든 칭찬이든 그에 대한 말이 들려올 때마다 붙는 별명, 희대의 천재 변호사.

"아, 몰랐어요. 죄송해요."

"아닙니다. 그런데 누굽니까?"

"그게……."

"그냥 말해 보세요. 그러면 도움이 될 겁니다. 원래 초년
생 시절이 더럽기는 하지만, 고연미 변호사님은 과거가 있다
보니 좀 더 더러울 것 같아서 그러는 겁니다."

"……."

부정할 수가 없는 듯 고연미는 잠시 눈을 찌푸렸다. 그러
다가 결국 어쩔 수 없다는 듯 입을 열었다.

"도세창요."

"도세창?"

"아, 그 미친놈?"

노형진과 손채림은 바로 알아들었다.

도세창은 유광전자라는 기업의 사장이다. 공식적으로 회
장은 도세창의 아버지 도유광이지만 일선에서 물러났으니
사실상 그가 회장이라고 봐야 한다.

'그러고 보니 얼마 전에 사고 쳐서 구치소에 들어갔지.'

술집에 가서 그곳에 있던 직원들을 사람을 동원해서 집단
구타하는 바람에 구치소에 들어간 것은 알고 있다.

그런데 구타한 이유가 웃긴 게, 그 술집의 여직원이 2차를
안 나가 줘서라는 것이다.

문제는 여자 직원이 일반적인 바의 바텐더라는 것.

그가 술에 취해서 2차를 요구했으나 그녀는 당연히 거절했다. 그럼에도 불구하고 계속 추근거리자 그 바에서는 바텐더를 남자로 교체했다.

그랬더니 그는 아는 폭력 조직을 불러서 그곳을 모조리 박살을 냈다.

'뭐, 그래 봤자 집유겠지만.'

일단 상황은 그렇지만 현실적으로 도세창을 처벌할 수 있을 리 없기 때문에 그는 집유가 확실한 상황이다. 여론 때문에 일단 구속해서 구치소에 넣었지만 말이다.

'이미 수억 단위로 뇌물이 뿌려지고 있을 텐데.'

이런 사건의 과정은 너무나 뻔하다.

일단 공식적으로는 가해자가 피해자에게 사과했다고 할 것이다. 물론 그건 공식적인 거고, 실제로는 비서가 가서 강제로 합의서를 요구하는 경우가 대부분이다.

그 후에 판사와 검찰에 막대한 뇌물이 지급되고, 언론사에는 광고를 미끼로 입막음이 시작된다.

피해자들은 피해도 보상받지 못한 채로 고통받다가 여론이 잠잠해지고 그가 풀려나면 보복당하기 시작할 것이다.

'뭐, 한두 해 일도 아니고.'

그게 사실이라는 증거는 넘친다.

오밤중에서 조폭을 동원해서 사람을 해치고 가게를 망가

트렸는데 그의 혐의는 특가법상의 폭행이 아니라 단순 폭행이다.

즉, 검찰 측에서 처벌을 약하게 하기 위해 단순 폭행으로 넣었다는 것 자체가 이미 사건이 끝난 것이나 다름없다.

'이후에는 술 먹었다고 선처하겠지.'

그것까지야 뭐, 뻔하다. 그건 자신의 사건이 아니니 상관없다.

문제는 고연미다.

"성 상납을 요구당한 겁니까?"

"네? 그걸 어떻게?"

고연미는 깜짝 놀랐다. 보지도 않고 마치 꿰뚫어 보듯이 다 아는 노형진 때문이었다.

자신은 이름 하나 말했을 뿐인데.

"아니, 그게 가능해?"

"가능하냐고? 사실 가능해. 교도소에서도 성 상납을 하는데 구치소라고 못 할까?"

"뭐?"

"아까 말했잖아, 거기에서 벌어지는 모든 일은 기밀이라고."

녹음도, 녹취도 불법이다. 결국 그곳을 감시하는 것은 간수들뿐이다.

"그리고 부자들에게 넘치는 건 돈뿐이지."

"헐."

돈만 주면 그들은 그곳에서 있었던 일을 모른 척해 준다.

명백하게 불법이기는 하지만, 그다지 신경 쓰지 않는다.

"그런데 전직 아이돌이 거기에 들어왔어. 도세창은 무슨 생각을 할까?"

"헐……."

"가끔은 있잖아, 매춘하는 여성을 안으로 데려가기도 해. 어차피 바깥에서는 절대로 안을 감시하지 못하니까."

"미친."

"현실이라는 게 그래."

"하지만 감옥 내에서도 그게 가능하다고?"

"사가라는 공간이 있거든."

"사가?"

"그래."

일반적으로 감옥에서의 면회는 창을 가운데에 두고 양측에 앉아서 대화한다. 하지만 특수한 경우 몇몇 복잡한 과정을 거치면 교도소 내부에 일반 주택처럼 꾸며진 공간을 쓸 수 있다.

그 공간을 보통 사가라고 하는데, 원래는 가족 단위 면회객이 생일이나 장례 등 특수한 경우에 쓰게 하는 것이 목적이다.

"하지만 그 허가는 거의 안 나. 그 공간은 거의 비어 있지. 아마 교도소 출소한 사람들 중에는 그런 공간이 있는지도 모르는 사람이 대부분일걸."

알려 주지도 않고, 알려 주고 싶어 하지도 않는다.

"설마……?"

"맞아."

공식적으로 가족만 들어갈 수 있지만 매춘부가 들어간다
고 해서 알 수 있는 것도 아니다.

애초에 그런 목적으로 들어가는 것을 묵인하는 것도 사실
이다.

"하아…… 그러면 어찌해야 하나요?"

고연미는 고개를 푹 숙였다.

그럴 수밖에 없는 게, 이 상황에서 벗어날 만한 방법이 보
이지 않았기 때문이다.

"그냥 그만둬요, 그 망할 회사 같은 거."

"그러고 싶지만……."

"무리일걸. 거기서 가불한 거 있지요?"

"응? 가불?"

"네."

노형진의 말에 손채림은 고개를 갸웃했다.

가불이라니? 전직 아이돌이라면서?

"아이돌이기는 하지만 고연미 씨는 2집 내고 탈퇴했거든."

"그런데?"

"문제는 그러면 개털이라는 거지."

"개털?"

"응."

사람들은 아이돌을 하면 돈을 많이 버는 줄 안다.

물론 반은 맞는 말이다.

하지만 현실은 시궁창이다. 성공한 그룹이라고 해도 2집까지는 분배받는 돈이 그다지 없는 게 가요계의 현실이다.

그나마 노형진이 협회를 만들면서 그런 부분은 많이 없어졌지만 그녀는 그 전에 은퇴한 사람이다.

"그래서 돈을 거의 못 받았어요."

일반적으로 성공한 가수들이 본격적으로 수익이 나는 것은 2집 이후부터다. 1집에서는 본전, 2집에서는 가수에게 약간의 수익과 회사의 이익이 우선시된다.

그런데 2집 발매 후에 나왔으니 당연히 제대로 된 정산은 받지 못했을 것이다.

"나와서 변호사가 되기까지의 기간 동안 대출로 살아야 했지요."

그리고 변호사가 된 후에 회사에서는 자신의 처지를 살펴서 가불해 줬고, 그 결과 그 돈은 일종의 족쇄가 되었다.

"미친……."

"애초에 목적이 그거였을걸."

노형진은 머리를 북북 긁었다.

그녀가 아이돌 출신 변호사로 유명세를 떨쳤는지는 모르

지만 그건 어디까지나 유명하다는 거지, 실력이 있다는 것은 아니다.

"아이돌 출신이라는 건 신기하기는 해도 재판에 영향을 줄 수 있는 건 아니니까."

차라리 부장 판검사 출신의 전관이 더 효과적인 것이 사실이다.

"그런데 선불까지 줘 가면서 잡는 이유가 뭐겠어?"

"미친……."

돈이 되는 고객을 받기 위한 일종의 전술이라는 뜻이다, 남과 다른 뭔가를 해 주기 위한.

"그걸 모르고 들어간 거예요, 언니?"

"난 몰랐지……."

"원래 악은 선의 가면을 쓰고 접근하는 법이야."

처음에는 그냥 가불해 줘서 고마워했을 일이었을 것이다. 하지만 들여다보니 현실은 추악하기 이를 데 없었다.

"미친."

"미친 게 아니라 현실이 그래."

노형진은 머리를 북북 긁었다.

"거기에다 그들은 힘을 가지고 있단 말이지."

그녀가 속한 로펌이 어딘지 모르지만 그들의 힘은 변호사 고연미를 파멸시키고도 남을 것이다.

거기에다 도세창까지 끼어들면 말 그대로 파멸적인 상황

이 될 수밖에 없다.

"어쩌지?"

손채림은 안타까운 듯 고연미를 바라보았다.

"일단은 상대방이 누군지 알아봐야겠네요. 가능하면 설득해 봐야지요."

"상대방요?"

"네. 속하신 로펌이 어딘데요?"

"법무 법인 태양요."

손채림의 입이 쩍 벌어졌다.

⚖

"미안해 죽겠어."

"네가 미안할 건 없지."

고연미와 헤어진 후 손채림은 미안해서 어쩔 줄 몰라 했다.

그럴 수밖에 없는 것이, 법무 법인 태양의 대표는 다름 아닌 그녀의 아버지이기 때문이다.

이런 일을 하는데 대표인 그가 몰랐다는 것은 말도 안 된다.

"그나저나 설득으로 하지 말라고 하는 건 물 건너간 것 같은데?"

"하아."

손채림의 아버지 손하균은 노형진을 무척이나 싫어한다.

어려서부터 그랬고, 회귀 전에도 그랬다.

원래 노형진에게 지게 하지 않겠다고 손채림에게 법 쪽 일을 강요한 것도 그였다.

그런데 그것도 모자라서 노형진이 손채림이 자신이 원하는 곳으로 갈 수 있도록 설득했으니 그가 노형진을 극도로 미워하는 건 당연한 일이다.

'그러니 내가 말하는 건 이빨도 안 먹힐 테고.'

노형진은 손채림을 바라보았다. 아버지인 만큼 그래도 손채림은 말이 통할까 하는 생각에서였다.

'그럴 리 없지.'

그녀가 법조계 쪽을 떠나서 음악 쪽으로 가려고 한다는 이유로 의절한 그다.

심지어 한국에 입국한 후 한번 마주치기까지 했음에도 단한 번 연락하지 않는 손하균이, 그녀가 찾아온다고 부탁을 들어줄 이유가 없다. 도리어 더 말려 죽이려고 하면 모를까.

"완전 골 때리는 상황인 건데……."

결국 말로는 안 되는 상황.

"갚는 건 안 되나?"

어차피 새론은 변호사를 선임해야 하는 상황이다. 그런 만큼 차라리 이쪽에서 돈을 주고 선불금을 갚은 후 데리고 오면 안 되느냐는 것이다.

"무리야. 상대방은 태양이라고."

그 정도로 놔줄 태양이 아니다.

경험도 없는 변호사를 막대한 돈을 주고 데리고 올 때의 태양의 목적은 분명했을 텐데, 그걸 방해한다면 무슨 의미가 되겠는가?

"거기에다 도세창도 그렇고."

그렇게 되면 태양과 도세창이 분명히 보복해 올 것이다.

"결국 그들이 보복할 만한 이유를 만들지 않으면서도 조심스럽게 빼내야 하는데……."

"그게 가능하겠어?"

"끄응……."

이건 솔직히 말하면 의뢰도 아니다.

하지만 노형진의 자존심, 변호사로서의 신념이 그냥 둘 수가 없는 사건이었다.

'변호사는 남을 지켜 주는 존재다.'

그게 모든 변호사들의 신념이다. 아니, 신념이어야 한다.

그런데 졸지에 매춘부 취급이라니.

"글쎄…… 쉽지는 않은데."

노형진은 그렇게 말하면서 머리를 북북 긁었다.

도세창은 바보가 아니다. 법적인 방법을 쓰면 눈치챌 것이다. 그건 태양도 마찬가지고.

"정치적으로 할 수 있는 건 없는 거야?"

"무리야. 우리 회사 알잖아, 정치 쪽과 거리를 두려고 하는 거."

'태양이라면…….'

청계가 사라지고 나서 정치적으로 영향력을 가진 법률 회사 톱 3 안에 언제나 들어가는 것이 바로 태양이다.

새론이야 규모는 크지만 기본적으로 대서민 변론을 지향하는 데다가 정치권과는 고의적으로 거리를 둔다.

부자들이야 능력이 있는 곳에 맡기다 보니 그다지 문제가 안 되지만…….

'정치권이랑 연결되면 뒤끝이 별로 안 좋거든.'

정권이 바뀌면 보복이 들어온다.

물론 그사이에 규모를 키우면 버틸 만은 하다. 하지만 그러기 위해서는 꼭 필요한 과정이 있다.

'바로 비밀을 가지는 것.'

청계는 비밀을 가지고 정치인들을 압박해서 대한민국을 좌지우지하려고 했다.

물론 청계는 극단적인 방식을 쓴 것이고 대부분의 거대 로펌들, 특히 정부와 거래하는 로펌들은 정치인들의 정보를 모으는 데 집중한다.

새론과 마찬가지로 그들은 정보 라인이 있는데, 새론과 다른 점은 새론은 의뢰인을 위해 정보를 모은다면 그들은 정치인의 추문을 모으는 데 집중한다는 것이다. 그래야 정권이 바뀌어도 버틸 수 있으니까.

"그러면 방법이 없는 거야?"

"그렇게……."

정식으로 수임하지도 않았으니 소송하는 것도 무리다.

애초에 소송하는 순간 그녀의 변호사로서의 인생은 끝장 난다고 봐야 하고 말이다.

'그렇다고 우리가 영원히 돌봐 줄 수는 없고.'

누구든 홀로 서야 하는 시점이 온다.

문제는 이런 것으로 원한을 품는 인간들은 쉽게 잊어버리 지도 않는 타입들이라는 것이다.

실제로 어떤 정치인은 10년 전에 사소한 실수를 한 것을 기억하고 있다가 자신이 권력을 잡는 순간 상대방을 파멸시 켜 버렸다.

'이거 참…… 드러워서 정치인들한테 정신감정을 시키든 가 해야지.'

사이코패스나 소시오패스같이 상대방을 짓밟는 사람들이 더 높이 올라갈 수 있는 형태가 지금 사회구조의 함정이다.

남을 밟지 못하는 대부분의 사람들은 그 때문에 높은 곳으 로 가지 못한다.

"현 상황에서 가장 좋은 방법은, 자연스럽게 떨어트려 놓 는 거야."

"그리고?"

"그 후에 태양에서 아무래도 이런 방식은 곤란하다고 생각하게 만들어야지."

"그게 가능해?"

"글쎄."

태양이 고연미를 영입한 목적은 확실해 보인다.

문제는 이 방식은 아니라는 사실을 각인시키는 법이다.

'무슨 방법으로 한단 말인가?'

태양과 손하균은 이 바닥에서 속된 말로 굴러먹을 대로 굴러먹은 존재들이다. 어쭙잖은 방식으로는 속아 넘어갈 리 없다.

'흠······.'

고민하던 노형진의 머릿속에 문득 스치는 생각이 있었다.

"어쩌면 방법이 있을지도 모르겠는걸."

"뭐?"

"저쪽에 없는 무기가 이쪽에 있잖아."

"어떤 건데?"

"그건 바로 나."

"엥?"

물론 노형진이 이쪽에 있는 거야 맞다.

그런데 무기라니?

"정확하게는, 노형진이라는 인간이 가진 권력이 있지."

"권력?"

"그래, 후후후."

노형진은 눈을 초롱초롱하게 빛내기 시작했다.

네 이름 좀 빌릴게

"뭐라고요?"

고연미는 당황해서 되물을 수밖에 없었다. 이건 생각도 못하던 일이었기 때문이다.

전 같으면 완전히 난리가 났을 만한 일이다.

"문제가 없지 않습니까? 어차피 고연미 변호사님은 현직도 아니고."

"그거야 그렇지만…… 상대방은……."

"지금은 세상이 바뀌었습니다."

"네?"

"요즘 열애설은 옛날처럼 타격이 크지 않아요."

열애설. 노형진이 만들어 낸 타개책.

하지만 고연미의 입장에서는 영 껄끄러울 수밖에 없었다.

"전에는 난리가 났었는데요?"

"맞습니다. 전이라면 난리가 났겠죠. 하지만 요즘은 이름을 알리기 위해 흔하게 쓰는 방법 중 하나입니다. 특히 상대방이 남자라면 그다지 문제가 생기지도 않고요. 뭐, 욕은 좀 먹겠지만."

"헐?"

"어차피 욕먹는 게 변호사입니다. 그리고 어차피 그게 목적이라서요."

"네? 그게 목적이라니요?"

고연미는 어이가 없어서 반문했다.

욕먹는 게 목적이라니?

그러나 손채림은 확실하게 노형진을 믿고 있었다.

"한번 믿어 봐, 언니. 확실하다니까."

"확실하다니……."

"어차피 이러나저러나 피할 수는 없는 상황이잖아?"

"그건 그런데……."

"욕먹는 게 좋아, 아니면 창녀 취급당하는 게 좋아?"

"그거야 당연히 욕만 먹는 게……."

고연미가 맘고생을 하면서도 끝까지 버티고 있는 이유는 간단하다.

그렇게 되면 자신은 100퍼센트 변호사가 아니라 창녀가 되기 때문이다.

아마도 태양에서는 비슷한 상대방에게 자신을 계속 보낼 테고, 그렇게 되면 변호사 업무와 상관없이 그들의 노리개가 될 것이다.

물론 비밀리에 움직이겠지만 태양의 변호사들은 그 사실을 안다.

그들은 몸 팔아서 돈 버는 녀석이라고 그녀를 욕할 테고, 변호사 세계에 소문이 도는 것은 순식간이다. 그렇게 되면 변호사로서 고연미의 미래는 박살 난다.

'절대로 몸 팔아서 사건 가져온다는 헛소리는 듣지 않겠어.'

실제로 그런 소문이 돌았던 몇몇 여성 변호사들이 있다.

물론 대부분은 말도 안 되는 헛소문이었지만, 그것만으로도 치명적인 타격을 입고 몰락해서 지방으로 가든가 은퇴를 선택할 수밖에 없었다.

"태양에서는 만일 고연미 씨가 계속 저항한다면 그런 헛소문을 낼 가능성이 아주 높습니다."

"네에?"

고연미는 깜짝 놀랐다.

자신은 태양 소속이다. 그런데 왜 그런 소문을 낸단 말인가?

"차라리 한번 몰락시키고 다른 여자 변호사를 영입하는 게 그를 다루는 데에는 더 좋거든요. 웃기지만 말입니다. 그런 소문이 나서 은퇴했다는 것 자체가 그런 짓을 거부했기 때문이라는 겁니다."

"그, 그런……."

"언론에게 중요한 건 진실이 아니라 자극이지요. 아이돌이었으니 알 만큼 아시지 않습니까?"

"……."

고연미는 말없이 고개를 끄덕거렸다.

자신이 아이돌이었기 때문에, 그래서 언론의 관심을 받아봤기 때문에 누구보다 잘 안다.

언론이 관심을 가지는 건 자극이지 진실이 아니다.

가령 아이돌이 좋은 일을 하면 단신으로 몇 줄 나가는 수준이 끝이다. 하지만 음주운전이라도 하면 메인에 걸린다.

그게 언론의 속성이다.

"그러니 그걸 막기 위해서라도 이번 작전을 실행해야 합니다."

"하아."

고연미는 결국 노형진의 말에 고개를 끄덕거렸다.

"하지만 제가 해 드릴 게 없는데요. 정식으로 수임해서 수임료라도……."

노형진은 양손을 절레절레 흔들었다.

"아니요. 이번 일에서는 저희가 드러나면 안 됩니다."

"네?"

"새론과 계약했다는 사실을 알면 저들도 이게 함정이라는 사실을 알게 될 겁니다. 그러면 보복을 하려고 할 테고요."

"아……."

"그러니 정식으로 수임할 수는 없습니다. 애초에 이건 법원으로 갈 사건이 아니니 수임할 일도 없구요."

"그러면 공짜로 해 주신다는 건가요?"

깜짝 놀라는 고연미.

물론 공짜는 아니다. 공짜일 수는 없다.

"어찌 보면 가장 비싼 요구일 겁니다."

"비싼 요구?"

"태양에서 나오시면 저희 쪽으로 와 주시는 겁니다."

"네?"

"저희도 얼굴마담이 필요하거든요."

"그게 무슨……?"

"말 그대로입니다. 저희 전술에는 언론 플레이도 있거든요."

보통 변호사가 전면에 나서는 경우는 드물다. 하지만 가끔 언론을 이용해서 사건에 대해 반박하거나 여론 몰이를 해야 하는 시점이 있다.

지금까지는 노형진이 그 부분을 담당했다. 방송에 나간 적도 있는 변호사니까.

'하지만.'

자신이 아무리 유명하다고 해도 아이돌 출신 변호사와 어찌 비교되겠는가?

"결국 효율적인 언론 플레이를 위해서도 사람들이 관심을 가질 만한 변호사가 필요하지요."

고연미는 약간은 불만스러운 표정이 되었다.

그럴 수밖에 없는 게, 자신은 변호사가 되고 싶은데 새론의 요구는 그것과는 좀 괴리가 있었으니까.

"그게 현실입니다."

"현실?"

"네, 지금 고연미 씨가 처한 처지와 마찬가지지요. 다만 다른 것은, 저희가 요구하는 것은 변호사들의 업무 중 특정 업무에 대해 전문화시켜 달라는 겁니다."

"하아."

틀린 말은 아니다. 변호사들이 언론 플레이를 한다는 것은 널리 알려진 사실이니까.

"알겠어요. 그러면 어떻게 해야 하죠? 일단 누구에게 부탁을 해야 하나요? 다짜고짜 고백이라도 해야 하나요?"

"그럴 리가요."

노형진은 히죽 웃었다.

"고연미 변호사님, 혹시 연하 좋아하십니까?"

"네?"

고연미는 어벙한 얼굴이 되었다.

⚖️

"우리 애들 이름을 좀 빌리겠다고요?"

"정확하게는 리더인 찬수 이름을 빌리겠다는 겁니다."

사장은 입이 쩍 벌어졌다.

다른 것도 아니고, 자기네 리더인 찬수 이름을 빌리겠다니?

"지금 장난하십니까? 우리 애들이 지금 얼마나 인기 있는지 아세요?"

"알죠. 그러니까 빌리려는 겁니다."

"뭐라고요?"

"그래야 이슈를 탈 수 있으니까."

보이 그룹 락스피릿. 한창 인기 있는 그룹이자 여자들의 우상이라 불리는 존재.

"안 됩니다!"

소리를 버럭 지르는 사장.

하긴, 그럴 수밖에 없다. 보이 그룹이 열애설에 휘말리면 좋을 게 없으니까.

'이렇게 나온다?'

노형진은 히죽 웃었다.

노형진의 무기.

그건 다른 변호사들에게는 없는 신분, 즉 연예계의 거대한 손이라는 것이다.

그가 투자한 대룡엔터테인먼트 그리고 엔터테인먼트조합까지, 노형진이 신경을 안 써서 그렇지 그가 가진 연예계의 권력은 상당한 수준이었다.

"진짜요?"

"당연히 진짜지, 가짜도 있습니까? 당신 같으면 허락하겠습니까?"

노형진은 히죽 웃었다.

"그럼요. 절대 허락 안 하죠."

"당연한 거 아닙니까!"

"그러면 은비 씨한테는 허락 얻었습니까? 그 소속사에는요?"

"뭐라고요?"

흠칫하는 사장.

노형진은 그를 보면서 아주 천천히 미소를 지었다. 그러나 그 미소는 절대 우호적인 게 아니었다.

"은비 씨랑 그 소속사에서는 과연 뭐라고 할까요? 그리고 팬들은 뭐라고 할까요?"

"그게 무슨 소리입니까?"

"기자들과 언론사들은 뭐라고 변명할까요?"

히죽 웃는 노형진의 말에 사장은 점점 사색이 되었다.

그럴 수밖에 없다. 노형진이 치명적인 약점을 잡고 있다는 사실을 알았기 때문이다.

'영원한 비밀은 없지.'

사실은 훨씬 미래에 밝혀지지만, 확실한 것은 노형진이 지금 알고 있다는 것이다.

"과연 은비 씨는 뭐라고 할 것 같나요?"

이것이 법이다

누구에게나 무명인 시절이 있다. 그리고 그때는 배고프고 힘들다.

더군다나 락스피릿의 소속사는 작은 규모에 속하기 때문에 아무래도 문제가 많았다.

"그래서, 은비 씨를 팔아먹으니까 좋습니까?"

"크흑……."

그래서 락스피릿의 사장이 쓴 방법은 간단했다.

열애설. 기자와 짜고 가짜 열애설을 터트리는 것이다.

이름이 알려지지 않은 연예인이 이름을 알리기 위해 종종 쓰는 방법이었다.

'문제는, 이 경우는 전혀 서로 협의가 없었다는 것이지.'

열애설이 그다지 타격이 안 되는 시대라고 하지만 아예 타격이 없는 것은 아니다. 그렇기 때문에 열애설을 홍보용으로 쓴다는 쓰기 위해서는 상대방과의 어떤 교감이라는 것이 있어야 한다.

'그런데 당신들은 그런 게 없었지.'

은비는 거대 회사에 속한 잘나가는 여자 가수였고 이쪽은 작은 회사에 속한, 제대로 활동도 하지 못하는 가수들이었다. 이건 열애설이 터지는 것도 말도 안 될 정도의 갭이 있다.

더군다나 여자 연예인의 경우 남자보다 더 타격이 크기 때문에 이런 걸 별로 안 좋아한다.

"그래서 몰래 하지 않았던가요?"

결국 사장은 몰래 일을 저지르고 만다.

상대방 동의도 없이, 기자에게 뇌물을 주고 열애설을 터트린 것이다.

"그것 때문에 은비 씨와 소속사가 얼마나 손해 봤죠?"

"……."

일단 말도 안 되는 소리였지만 열애설이 터진 이상 타격이 없을 수가 없다.

일부 팬들이 떠난 거야 그렇다고 쳐도 광고가 떨어져 나간 것은 타격이 컸을 것이다.

그 당시 두 건 정도의 광고가 떨어져 나갔는데, 은비라는 연예인의 지명도와 가치를 판단하면 못해도 6억 이상은 손해를 본 셈이다.

"은비 씨가 뭐라고 할지 참 궁금하네요."

노형진은 자리에서 일어나면서 히죽 웃었다.

"그러면 뭐, 다른 연예인을 찾아보는 수밖에 없네요. 어차피 굴러다니는 게 남자 연예인이니까. 락스피릿한테 은퇴 방송 준비 잘하라고 하세요."

몸을 돌려서 나가려고 하는 노형진.

그러나 그럴 수가 없었다.

꼴에 사장이라고, 그리고 성공했다고 목에 힘주면서 맞은편에서 소리소리 지르던 그가 몸을 날려서 노형진의 다리에 매달렸기 때문이다.

"한 번만 기회를 주십시오!"

"싫습니다!"

노형진은 단호하게 말했다.

그럴수록 사장은 더 강하게 매달렸다.

"다시는 안 그러겠습니다. 다시는…….

"다시는 안 그러는 게 아니라, 다시는 못 그러실 겁니다. 그나저나 락스피릿 멤버들은 뭐라고 할까요? 당신 덕분에 연예인 인생 좆 나게 생겼는데?"

실력이 없지는 않다. 그러나 사장이 실수한 덕분에 그들은 인생 피곤해질 수밖에 없다.

띄워 준 건 고맙지만 거대 기업을 적으로 돌린 것이다.

그때는 사람들이 몰라서 기레기가 또 지랄한다, 수준으로 끝났지만.

'하지만 뇌물이 끼어든 거면 이야기가 달라지지.'

노형진은 확실하게 못을 박으면서 몸을 돌렸다.

"제발…… 한 번만…… 한 번만 용서해 주십시오."

개구리가 올챙이 적 기억 못 한다고, 자신이 한 짓거리를 까먹고 있던 사장은 일생일대의 위기를 맞이하고 있었다.

"원하면 얼마든지 내셔도 됩니다."

"아니요. 하기 싫으시다는데 하면 안 되죠. 남자 연예인이 없는 것도 아니고."

"제발 써 주십시오. 제발 써 주세요."

읍소를 하는 사장을 보면서 노형진은 승리의 미소를 지었다.

"열애설요?"

락스피릿의 찬수는 노형진의 부탁에 어이가 없었다.

자신이 누군가? 10대 소녀들의 우상이라 불리는 락스피릿의 리더다. 그런데 본 적도 없는 여자와 열애설이라니?

"싫은데요."

"차, 찬수야."

사장은 얼굴이 사색이 되었다.

"내가 왜 얼굴도 모르는 여자와 열애설이 나야 하죠? 나한테 도움이 되는 것도 아닌데."

"그렇다고 피해 보는 것도 없지 않습니까?"

남자들은 열애설이 나도 상대적으로 충격이 작다.

더군다나 이런 경우는 대부분 헛소문이라는 것을 알기 때문에 그 충격도 얼마 가지 않는다.

'광고도 그렇지.'

여자가 열애설이 터지면 광고가 줄어들지만 남자는 그다지 줄어들지 않는다.

더군다나 락스피릿 자체가 귀여운 이미지보다는 터프하고 말 그대로 락을 하는 강렬한 이미지를 추구하기 때문에 열애설 하나 터진다고 해도 이상할 것은 없다.

"사장님도 개나 소나 다 부탁 들어주지 말라고요. 귀찮게 시리."

"찬수야."

노형진의 존재를 모르는 찬수는 말을 막 했다.

그리고 그걸 보고 노형진은 혀를 끌끌 찼다.

'아주 그냥 제대로 영혼이 빠져나갔구먼.'

보아하니 소위 말하는 연예인 병에 걸린 듯했다.

연예인 병은 자신이 엄청나게 유명하고 대단한 연예인인 줄 알고 주변을 무시하면서 싸가지 없게 행동하는 것을 뜻한다.

그리고 실제로 몇몇 사람들이 그러다가 몰락했다.

'이놈도 그렇겠지.'

상식적으로 연예인들이 아무리 떠도 주변을 무시할 수는 없다. 사회생활이라는 게 그런 거니까.

하지만 그런 걸 모르는 인간은 자신이 실력이 있어서 성공했다고 여기곤 한다.

물론 말도 안 되는 소리다.

'너도 얼마 안 남았으니까.'

노형진은 그들의 미래를 안다.

1집에서 빵 터졌지만 2집에서는 쫄딱 망하고, 3집에서는 비밀이 새어 나가면서 그대로 묻혀 버렸다. 연예인 병을 못 고친 것이다.

'뭐, 너희들이 망하든 말든.'

그건 노형진과 상관없다.

다만 중요한 것은 그들이 현재 최고의 인기를 구가하고 있으며 가장 극단적 팬클럽을 가지고 있다는 점이다.

"그래서 안 하려고?"

노형진은 당당하게 나가기로 했다.

어차피 다시 볼 녀석들도 아니다. 인성이라도 좋으면 모르겠지만 인성 안 좋은 녀석들은 이 바닥에서 오래 버티지 못한다.

"하면 당신, 고소할 거야."

사장과 똑같은 소리를 하는 찬수.

하지만 노형진이 그들의 예민한 부분을 건드리자 반응은 똑같았다.

자신들이 했던 짓을 똑같이 해 주겠다는 것뿐이다. 그것도 자신들에게 피해가 가지 않는 방식으로.

그런데 이런 식으로 대응하다니.

'뭐, 막나가도 상관없겠네.'

노형진은 히죽 웃으면서 그들을 바라봤다.

"그래서 안 할 거야?"

"하…… 하겠습니다."

진실을 알고는 사색이 되어서 벌벌 떠는 찬수.

노형진은 고개를 끄덕거렸다.

"그러면 여기에 사인해."

"네?"

"사인하라고. 나중에 입 나불거리면 곤란하잖아."

노형진이 계약서를 꺼내자 어쩔 수 없이 사인을 하는 찬수.

노형진은 그걸 받아 들고는 미소를 지었다.

"덕분에 내 일이 좀 편해지겠네."

노형진은 서류를 챙기고 그곳을 나왔다.

그러자 기다리고 있던 손채림이 걱정스러운 얼굴로 다가 왔다.

"그래도 되는 거야?"

"뭘?"

"아까 그거 협박이잖아."

"들렸냐?"

"여기 방음, 그렇게 좋지는 않더라."

노형진은 피식 웃었다.

아무래도 작은 회사다 보니 그냥 패널만으로 방을 구분한 모양이었다.

"상관없어. 어차피 다시 볼 것도 아니고."

"그렇다고 해도 다른 사람을 선택하는 게 좋지 않아? 언니 나이를 생각하면 연상이 좋잖아."

"연상?"

"그래. 30대 정도면 괜찮을걸."

그쯤 되면 슬슬 결혼을 생각할 나이이기 때문에 다들 그러려니 한다.

더군다나 그 정도 활동했다면 팬들 역시 대부분 어느 정도 나이가 되기 때문에 극단적으로 욕하거나 흥분하지는 않는다.

그러니 차라리 30대 초중반의 남자 연예인에게 부탁하는 것이 좋을 것이다.

"안 돼."

"왜?"

"네가 말하는 이유 때문에 안 된다는 거야. 그쪽 팬들은 너무 점잖아."

"엥? 그게 왜 문제야? 일단은 사귀는 사람이 있다고 하면……."

손채림은 설명을 하려고 했다. 그리고 노형진은 그녀가 왜 그런 말을 했는지 알아차렸다.

아무래도 작전을 설명하는데 이해를 잘못한 부분이 있었던 모양이다.

"네가 잘못 이해한 부분이 있는데, 결혼할 사람을 만들어서 자연스럽게 빼내자는 것은 계획에 없어."

"뭐?"

"도세창과 태양이 결혼할 사람이 있다고 해서 그냥 놔줄 것 같아? 그렇게 바른 사람들이라 생각해?"

"그건……."

손채림은 순순히 노형진의 말을 인정할 수밖에 없었다.

결혼할 사람이 있다고 해서 도세창이 물러날 리 없다. 그리고 태양 역시, 결혼은 결혼이고 자기들 목적은 목적이다.

그들에게 여자의 순결이나 정조 같은 것은 중요한 것이 아니니까.

"태양이라면 도리어 그 결혼을 파토 내거나 상대방에게 압력을 가해서 물러나게 만들겠지. 도세창? 그 사람 인격을 봐서는 아마 더 발정 나서 덤빌걸."

"끄응. 그러면 왜 이 작전이 필요한 거야? 그런다고 해서 그 녀석들이 물러날 것도 아닌데."

"이 작전에서 제일 중요한 것은 우호적 지분이 아니라 사람들의 관심이지."

"관심?"

"그래. 사람들이 가장 관심 있게 보는 부분은 안티거든."

"그러면 진짜로 욕을 먹게 만들겠다는 거야?"

"그래, 이 작전에서 제일 중요한 것은 고연미 변호사가 욕먹는 거야. 그러지 않으면 이 사건은 의미가 없어."

"아니, 왜?"

"기다려 봐, 내가 마법을 부려 줄 테니."

노형진은 씩 웃으면서 말했다.

⚖

얼마 뒤 뉴스에서는 대대적으로 고연미와 락스피릿 찬수

의 열애설이 보도되었다.

고연미는 은퇴한 상태이고 더 이상 연예인이 아니라며, 대꾸하지도 않겠다는 의사를 명확하게 했다.

문제는 락스피릿의 대응이었다.

―찬수의 개인적 생활에 대해서는 터치하지 않고 있어서 사실을 확인 중입니다.

전형적인 시간 끌기 답변이었다.

정작 찬수는 그 부분에 대해 일고의 가치도 없다고 말했지만. 그러나 그다음 날 두 사람이 데이트하는 사진이 공개되면서 모든 것은 다 거짓으로 받아들여졌다.

당연히 흥분한 것은 락스피릿, 아니 찬수의 팬들이었다.

"이야…… 이 정도면 아주 끝내주는데?"

고연미에게 날아온 엄청난 양의 협박장과 욕설.

그녀의 집뿐만 아니라 그녀가 근무하는 태양으로까지 날아오기 시작했고, 심지어 어떻게 알았는지 그녀의 핸드폰으로 협박 문자까지 왔다.

당연히 그녀의 블로그나 SNS 등은 락스피릿 팬들의 무차별적인 공격으로 초토화될 지경이었다.

"예상은 하고 있었지만 기분이 좋지는 않군요."

어마어마한 욕설이 가득한 편지들을 보면서 고연미는 한

숨을 쉬었다.

"아마 은퇴 전이었다면 소속사가 발칵 뒤집혔을 거예요."

"뭐, 비슷한 상황입니다."

"비슷한 상황?"

"네."

"뭐가요?"

"요즘, 전보다 압력이 약해지지 않았습니까?"

"네? 그러고 보니……!"

욕에 신경 쓰다 보니 정작 자신에게 신경을 쓰지 못했다.

하지만 생각해 보니, 그 사건 이후에 자신에게 가해지던 압력이 낮아졌다.

"잊고 있었어요."

심지어 요즘은 도세창을 만나기 위해 그곳에 가라는 이야기조차도 하지 않았다.

"거봐요."

"아니, 왜?"

"언론이 관심을 가졌으니까요."

"네?"

"도세창에게 성 상납을 하라는 것은 철저하게 불법입니다. 그리고 그게 공개되면 태양이라고 해도 좋은 꼴은 못 보죠. 물론 망하지는 않을 테지만."

"그런데요?"

"그런데 당신이 매일같이 도세창을 만나러 간다고 하면 무슨 일이 벌어질까요?"

"아!"

분명히 눈치 빠른 기자들은 어떤 상황인지 눈치챌 것이다.

그리고 그렇게 되면 아무래도 지금 소송 중인 도세창에게는 좋을 수가 없다.

적당하게 반성한다는 핑계로 집행유예로 나와야 하는데, 반성한다는 작자가 전직 아이돌 출신 변호사에게 성 상납을 요구한다는 것은 말도 안 되니까.

"그래서……."

"네. 열애설이 터지면 언론이 관심을 가질 겁니다. 그리고 그 상황에서 성 상납을 요구하지는 못하지요."

손채림은 고개를 갸웃했다.

"그게 목적이라면 그냥 내 말대로 적당한 나이의 사람을 하면 되잖아? 왜 락스피릿을 건드려서 이 난리를 치게 만들어?"

하루에도 몇백 통씩 오는 협박 편지. 심지어 집에 갔더니 집 앞에 목이 잘린 고양이나 쥐 같은 것도 있었다.

미리 마음을 단단하게 먹으라고 하지 않았다면 아마 미쳐 버릴 상황이었을지도 모른다.

"언론이 몇 년 동안 관심을 가질 리 없잖아?"

"응?"

"언론에서 이 소식을 얼마나 우려먹을 것 같아? 열애설이 일주일 이상 가는 거 봤어?"

"어…… 그런가?"

"그래."

열애설은 순간 이슈는 되지만 지속성이 없다. 부정하든 긍정하든 말이다.

부정하면 그게 끝이고, 긍정하면 결국 두 사람을 인정하자는 식으로 흘러간다.

"더군다나 고연미 변호사님이 나이가 맞는 적당한 나이의 남자 배우를 만난다? 더 관심이 짧아질걸. 아마 팬들은 훈훈하게 와, 축하해요, 그러면서 결혼을 기정사실화하겠지. 그러면 진짜 길어야 일주일이야."

한 달만 지나면 대부분 그 사실을 잊어버릴 테고, 그러면 똑같은 요구가 다시 들어올 것이다.

"그런데?"

"그래서 내가 락스피릿을 선택한 거야. 현존하는 팬클럽 중에서 제일 극단적이고 극성인 게 락스피릿의 팬클럽 소울이거든."

"그건 알죠. 이상할 정도로 극단적이기는 해요. 근데 그거랑 저랑 무슨 관계죠?"

고연미는 그게 이해가 가지 않는 모양이었다.

그들이 화를 내는 것은 당연하다. 그게 팬들의 심정이니까.

하물며 나이가 어린 팬들이라면 더욱 그렇다.

그런 마음을, 아이돌이었던 고연미는 안다.

문제는 그게 자신과 아무런 관련이 없다는 것.

"세상에서 가장 길게 유지되는 감정이 뭐라고 생각하십니까?"

"가장 길게 유지되는 감정?"

"네."

"글쎄요."

고개를 갸웃하는 고연미.

그녀는 여자답게 자신이 생각한 것을 말했다.

"사랑?"

"땡!"

"음…… 그럼 우정?"

"땡."

"그럼?"

"분노와 증오."

"뭐?"

"영화나 소설에서는 사랑이나 우정이 모든 일의 원동력인
것처럼 이야기하지만 말이야, 사실 진짜 독한 원동력은 증오
와 분노야."

"정말?"

"응."

그 감정은 쉽게 사그라드는 것도 아니다.

집요할 정도로 무섭고 두려우며 경계해야 하는 감정인 것

이다.

"그렇기 때문에 내가 락스피릿을 고른 거야. 그들의 팬이 극단적이라는 것은, 이런 일이 생기면 그들이 분노하고 고연미를 주시한다는 뜻이거든."

"하지만 그것 역시 영원한 건 아니잖아?"

"맞아. 영원한 건 아니지."

노형진은 고개를 끄덕거렸다.

농담처럼 하는 말이지만 영원한 것은 '영원한 것은 없다.'라는 명제뿐일 것이다.

한때 이들만큼이나 극단적인 팬클럽이 없는 것은 아니었다. 그러나 그런 사람들도 나이 먹고 성장하면서 그때의 행동을 흑역사로 기억하며 발로 이불을 찰 게 뻔했다.

"하지만 중요한 건 지금 그들이 극단적이라는 거지."

"그래서?"

"그 분노를 개인에 대한 공격으로 바꾼다면?"

"응? 그게 무슨 소리야?"

"말 그대로야. 개인에 대한 공격으로 바꾼다면 어떤 일이 벌어질까?"

"좀 소름 끼치네요."

고연미는 부르르 떨었다.

역시나 경험자로서, 무슨 일이 벌어질지 예상한 것이다.

"하지만……."

그녀는 인정할 수밖에 없었다.

스스로 욕먹고 싶은 사람은 없으니 도세창도, 태양도 노형진과 자신이 이 일을 꾸민 것을 모를 것이다. 그리고 이 계획 덕분에 자신이 그들의 마수에서 벗어날 가능성도 아주 높아졌다는 것을.

"마음에 드는 계획이네요."

'역시 머리가 좋네.'

연예계를 경험해 보아서 그런지 그녀는 바로 알아차렸고, 노형진은 씩 웃었다.

"자, 그러면 도발을 해 볼까요?"

"이 상황에서도 도발하자고?"

손채림은 가득 쌓인 협박 편지와 쥐와 고양이의 사체를 보면서 헬쑥해진 얼굴로 멍하니 중얼거렸다.

"이번 사태에 대해 저는 그냥 넘어갈 생각이 없습니다. 전 더 이상 아이돌이 아니지만, 변호사로서 사회적 범죄자들에게 자비를 베풀 생각이 없습니다."

그녀는 몇 년간 언론을 타지 않았다.

물론 아예 안 탄 것은 아니다. 하지만 가십 정도로 특이한 이력을 가진 변호사로 소개되는 경우였지, 자발적으로 인터뷰를 한 것은 아니다.

그러나 이번에는 달랐다. 자발적으로 기자를 불러서 인터뷰를 했다.

"저에 대한 협박과 모욕에 대해서는 고발을 진행하겠습니다."

그녀가 그렇게 말하고 나자 락스피릿의 팬클럽 소울은 거의 고연미를 때려죽일 것 같은 분위기가 형성되었다.

하지만 노형진은 그 덕분에 일이 편하게 되었다면서 히죽거릴 뿐이었다.

"진짜 위험하지 않겠어?"

"안 위험해. 팬클럽이라는 게 한계가 뚜렷하거든."

"뭐?"

"집단이지, 개인이 아니야."

"무슨 소리야?"

"그들은 팬클럽이라는 집단에 속해 있어. 그래서 집단에서 개인에 대한 모욕을 하거나 공격적 행동을 한다면 자신이 집단의 일원으로서 일부 그 행동을 감행하지. 협박장을 보내거나, 좀 과격한 놈들은 짐승의 사체를 보내는 정도?"

"그게 문제가 아니라고?"

"그래. 진짜 무서운 놈들은 소속감이 없는 놈들이야."

소속감에 범죄를 저지르는 녀석들은 그 조직에서 딱 보호할 수 있다고 하는 만큼만 범죄를 저지른다.

"그래서 팬클럽에서 누군가를 죽인 사건은 없어, 사회적인 물의를 일으키는 건 많아도. 너, 라이벌 팬클럽에서 상대 방 가수를 죽였다는 얘기 들어 본 적 있어?"

손채림은 고개를 흔들었다. 그런 얘기는 들어 본 적도 없다.

"하지만 개인은 아니야. 자신의 탐욕을 위해 극단적 선택 도 하지. 그러니까 개인만 조심하면 돼. 우리가 자극한 것은 팬클럽이지, 개인이 아니니까."

"그건 좋은데 말이야, 이건 좀 애매한 거 아냐?"

고연미가 법적인 과정을 밟겠다고 이야기했으니 당연히 그 과정을 밟아야 한다. 사실 태양에서 말릴 만한 일도 아니 고 말이다.

고연미가 사생활로 법적인 과정을 밟겠다는데 다른 곳도 아니고 로펌이 막을 수는 없지 않은가?

노형진은 그런 허점을 노렸다.

"이것도 그렇고 저것도 그렇고, 너무 약한데?"

노형진은 협박과 모욕 등에 대해 참으로 애매한 건수들만 골라서 고발을 넣기 시작했다.

보통은 가장 강한 것을 뽑아 넣어서 확실하게 처벌받도록 하는데 말이다.

그런데 정반대로 약한 것들을 넣어서 처벌을 안 받도록 한 것이다.

"알아. 고의적으로 그런 거야."

"고의적으로?"

"그래."

"왜?"

"상대방에게 용기를 북돋아 주려고."

"헐?"

그 말이 이해가 가지 않았던 손채림은 이게 무슨 소리인가 했다.

하지만 며칠 지나지 않아서 그 이유를 알 수 있었다.

애매한 것을 고발하자 당연히 처벌도 제대로 될 리 없었기에 대부분은 무혐의로 풀려나기 시작한 것이다.

애매한 것들이라서 고연미가 무고로 반박될 가능성은 없지만, 반대로 그들도 처벌을 받을 가능성은 낮아진 탓이다.

그리고 그러고 나서야 손채림은 노형진이 했던 '용기를 북돋아 주려고 했다'라는 말이 무슨 뜻인지 이해가 갔다.

"엄청나네."

소울 팬카페에 올라오는 무혐의 기록들.

무혐의가 결정되고 나자 그걸 자랑하기 위해 당사자들은 마구 올리기 시작했고, 그걸 보고 팬클럽의 대다수 멤버들은 용기를 얻었다. 그리고 무차별적인 공격을 하기 시작했다.

농담이 아니라, 협박에 관련된 택배나 문자 그리고 편지가 전보다 두 배 이상 늘어난 것이다.

"우체부랑 택배 아저씨가 절 불쌍하게 보더군요."

언론에서 이 상황을 모를 리 없으니 신나게 떠들었고 전국의 사람들은 고연미라는 존재에 대해 모두 기억을 떠올렸다.

그리고 그럴수록 태양은 상황이 곤란해졌다. 그럴 수밖에 없는 게, 자신들의 목적에 맞게 쓸 수가 없으니까.

"괜찮아, 언니? 뭐, 자살하고 싶다거나 그런 거 아니지?"

"전혀 아니야. 전이라면 모르지만 그 구역질 나는 도세창을 안 보는 것만으로도 행복해 죽겠어."

씁쓸하게 말하는 고연미.

"더군다나 요즘은 뒤를 따라다니는 사람들이 있어서……."

"응?"

"안티팬일 겁니다."

"웬 안티팬?"

"이 사건은 변호사 고연미가 아니라 전 아이돌 고연미와 락스피릿의 찬수의 사건이거든."

사생팬은 죽자 사자 자신이 좋아하는 가수나 연예인을 따라다니는 사람을 말한다.

하지만 안티들도 따라다니기도 하는데, 그들은 상대방에게 추문이 될 만한 게 있으면 잡아서 터트려서 사회적으로 매장시키기 위해서였다.

"악질 파파라치라고 볼 수 있지."

"헐."

"문제는, 그들은 언제나 증거를 모을 준비가 되어 있다는 거야."

"아!"

당연히 일이 터지면 그걸 찍어서 터트릴 것이다.

이쪽에서야 가장 원하는 것이지만, 태양과 도세창은 결코 원하지 않는 것이다.

"아마 상당 기간 따라다닐 거야. 못해도 두 달?"

"헐."

"그리고 그 녀석들이 따라다닌다는 것은 경호원을 고용할 합당한 이유가 되지."

"경호원?"

"네. 경호원은 회사에서 해 주지 않을 테니 제가 사비로 고용해야지요. 그리고 그렇게 되면 그 사람은 절 위해 일하게 될 테고……."

"아! 그러면 증인이 생기는 셈이구나."

"그렇지요."

항시 따라다니는 경호원은 모든 것을 보고 있다.

만일에 대비해서 녹음까지 해 달라고 했으니 비상시 증거로 쓸 수도 있다.

"태양과 도세창은 자신이 원하는 것을 절대로 손에 넣지 못한다는 거지."

노형진은 자신있게 말했다.

"아마 지금쯤 짜증이 머리끝까지 난 상태일걸."

"곤란하군요."

같은 시각, 태양 내부의 회의에서는 노형진의 예상대로 고연미에 대한 회의가 진행되고 있었다.

"우리 목적하고는 아무래도 거리가 있는 것 같습니다."

"우리 목적은 고연미를 이용해서 큰손님들을 데리고 온다는 거 아닙니까?"

전직 아이돌이라는 타이틀.

그건 교도소나 구치소에 있는 큰손들에게는 참으로 관심이 가는 타이틀이다.

물론 돈만 적당히 찔러주면 여자를 데리고 들어가는 거야 문제가 안 되지만 그녀는 변호사이니 나중에 말이 나올 가능성도 적고, 거기에다 아이돌 출신이라는 타이틀 덕분에 관심을 많이 끌 수 있었다.

"흠……."

손하균은 찝찝한 얼굴이 되었다.

자신이 계획한 것과는 많이 달라졌기 때문이다.

'어째서지?'

사실 언론사 누구도 그녀에게 관심을 가지지 않았다. 그런데 하필이면 지금 이 시점에 이런 일이 터질 줄이야.

'그러나저나 찬수라니. 연하 취향인가?'

중요한 건 그게 아니다.

부정도 긍정도 하지 않는 현 상황으로 볼 때 그들의 관계는 기정사실화되었다고 볼 수 있다.

'그렇다는 건, 잘못 쓰면 영 껄끄러운 카드가 된다는 건데.'

물론 남편이나 애인이 있는 여자를 건드리면서 승리감을 느끼는 놈들도 있기는 하다.

하지만 그건 어디서나 바깥에서의 얘기지, 법적으로 예민한 다툼을 하는 구치소와 교도소에서 그럴 수는 없다.

당장 도세창도 일이 커지자 누굴 죽이려고 작정했느냐며 길길이 날뛰지 않았던가?

"그 여자를 써먹을 다른 방법이 없겠습니까?"

누군가의 말.

"글쎄…… 아직 실력이 검증된 사람이 아니니……. 얼굴마담이라면 모를까."

"얼굴마담은 우리에게 필요한 존재가 아닌데요?"

태양은 서민 변호를 중심으로 하는 새론과 다르다. 상위 몇 퍼센트 안에 드는 자들만 상대하기 때문에 얼굴마담은 필요가 없다.

"그렇다고 실력도 검증 안 된 여자를 변론에 투입할 수는 없지 않습니까?"

이곳에 들어오는 사건은 거의 수십억에서 수백수천억짜리다.

전관도 변변치 않은 사람을 붙이면 엄청나게 욕을 먹는데 아이돌 타이틀 말고는 실력도 검증 안 된 변호사를 붙인다?

"의뢰인들이 싫어하겠지."

실제로도 몇 번이나 있었던 일이었기 때문에 그녀를 붙일 수는 없다.

그렇다고 다른 변호사와 함께 변론하도록 할 수는 없다.

그건 그녀에게 공짜로 묻어 갈 수 있는 기회를 주는 것이 니까.

"방출하죠."

누군가의 말.

"애초에 우리와 맞지 않는 여자였습니다. 더군다나 우리 쪽에 있으면 똑같은 일이 더 생길 수도 있습니다. 기자들이 바글바글하는 로펌에 오는 손님은 없습니다."

"끄응……."

그녀가 문제가 되는 것. 그것은 다름 아닌 기자라는 존재다.

이런 식으로 계속 문제가 되면 기자들이 거의 상주하다시 피 할 텐데, 그리되면 예민한 사건을 다루고자 하는 사람들 이 올 리 없다.

더군다나 의뢰인 중 일부는 연예인이다.

만일 그런 일이 생기면 연예인 쪽 일은 끊긴다고 봐야 한다.

"그것뿐인 것 같군."

손하균은 고개를 끄덕거리면서 인정했다.

자신들에게는 더 이상 쓸모가 없는 여자다. 그렇다면 내보

내는 게 답이다.

"하지만 돈은 받아 내야지요."

"가불해 간 거 말인가?"

"네."

"얼마지?"

"8,200만입니다."

"받아 내야지."

손하균은 고개를 끄덕거렸다.

"나가라고 통지하고, 당장 돈 토해 내라고 해. 안 그러면 압류 들어간다고."

더 이상 쓸모가 없다고 생각하자 순식간에 돌변하는 변호사들.

고연미의 미래가 결정되고 나자 사람들은 분분히 자기 사무실로 돌아갔다.

손하균 역시 자신의 사무실로 돌아가면서도 왠지 찜찜한 기분을 감출 수가 없었다.

'당하는 기분이란 말이지.'

그러나 그게 뭔지 알아낼 수가 없었다.

'짜증 나는군.'

그가 할 수 있는 것은 그저 찜찜함을 계속 가진 채 발걸음을 옮기는 것뿐이었다.

"······."

자신에게 떨어진 방출 명령.

사실 로펌은 변호사들의 협업체 같은 것이라 마음대로 나가라고는 못 한다.

하지만 그건 어디까지나 법적인 이야기일 뿐이다. 나가라고 하면 나가야 하는 게 현실.

"진짜로······ 날 쫓아내다니."

"태양같이 정치권과 닿아 있는 로펌은 구설수에 자꾸 오르는 걸 싫어하거든요."

그럴수록 자신들이 하고 있는 소송이 외부에 드러날 가능성이 높아지고, 그럴수록 정부나 정치인의 더러운 행동 역시 드러나니까.

당연히 정부나 정치인은 구설수를 피하고 싶어 한다.

"하지만······ 문제가 있네요."

한숨을 쉬는 고연미. 그 원인은 다름 아닌 돈.

그들은 돈을 요구했다. 자신이 가불한 돈 말이다.

일부 상환하기는 했지만 아직도 8,200만 원이나 남아 있다.

"그거야 갚으면 되죠."

"애초에 그걸 어떻게 단번에 갚으라는 거죠?"

고연미는 우울한 표정으로 말했다.

애초에 돈이 있다면 이런 고민을 하지도 않았을 것이다. 하지만 그 돈이 없기 때문에 태양과 도세창에게 저항하지 못한 것이다.

"우리가 빌려주면 안 될까? 어차피 우리 쪽에 오면 될 거잖아."

손채림은 걱정스러운 얼굴로 말했다.

하긴, 자신의 아버지 때문에 이 꼴을 당했는데 아직도 그 돈 때문에 고통받는 게 미안할 수밖에 없다.

"글쎄. 그럴 의미가 있나?"

"의미?"

"그래. 이런 말 하기 그렇지만, 내가 왜 그렇게 돈에 환장한 것처럼 돈에 집중하는데?"

"그 이유야 알지."

노형진이 돈을 버는 이유.

그건 단순히 개인적 욕심이 아니라, 돈이 있어야 외부의 압력으로부터 초연할 수 있기 때문이다.

단적인 예로, 지금 고연미가 보여 준 모습이 있지 않은가?

부정한 걸 알지만 돈 때문에 벗어나지 못하는 그런 상황.

"하지만 새론이 그럴 건 아니잖아?"

"새론이 그럴 건 아니지. 하지만 말이야, 이건 심적인 문제야. 새론의 모토는 무엇보다도 자율성이야. 의뢰가 들어왔다고 해도 자기 신념에 반하면 거절할 수 있지. 그건 나쁜만 아니라 모든 변호사들이 마찬가지야. 들어오면 가장 먼저 배우는 이야기이고."

손채림은 고개를 끄덕거렸다.

들어오는 것도 나가는 것도 자유로운 것이 새론이다. 가치를 강요하지는 않는다.

어차피 자신들의 가치에 동조하지 않는 사람이 남아 있어봐야 제대로 활동하지는 않을 테니까.

"그런데 고연미 변호사님이 돈을 빌리면?"

"못 나가겠지."

그 돈을 갚기 전에는 심적으로 부담이 돼서 나가지 못할 것이다.

그건 새론이 추구하는 바가 아니다.

동조하는 사람이 돈을 가불하는 거야 문제가 안 된다. 하지만 그녀는 아직 새론에 대해 잘 알지도 못하고 또 제대로 알아보지도 못했다.

이 상황에서 돈을 빌려주면 또다시 새론이라는 곳에 묶이게 된다.

"그렇다고 전 재산을 압류당하게 그냥 둬?"

"물론 그러지는 않을 거야. 사실 그런 상황이면 내가 개인적으로 돈을 빌려줘도 되고. 물론 그 과정에서 내가 드러나면 여러모로 골치가 아파지니 아무래도 한계가 있겠지만."

"아……."

자신은 정식으로 의뢰를 받아서 일을 한 것도 아니다. 그래서 새론의 도움 없이 이번 일을 해결했다.

그런데 노형진이 돈을 빌려준다? 태양이라면 그 부분을 의심할 테고, 그러면 또다시 조사할 것이다.

"그리고 자신들을 속였다는 걸 알게 되겠지."

그러면 당연히 보복이 들어온다.

"그러면 어떻게 해? 내 이름으로 빌려줘?"

"아니, 그럴 필요 없어. 어차피 돈을 내줄 사람들은 가득하니까."

"돈? 어디에?"

노형진은 웃으면서 탁자를 탁탁 쳤다.

"어디긴, 여기지."

"응?"

"우리가 고소하지 않은 극단적 협박자들과 모욕범들."

"……!"

두 사람은 깜짝 놀랐다.

그 부분에 대해 완전히 망각하고 있었기 때문이다.

"숫자가 못해도 이백 명은 넘어. 그것도 아주 극단적인 녀석들만 뽑아도 말이야."

"헐."

"과연 이들이 법적으로 처벌받게 된다면 무슨 일이 벌어질까?"

노형진은 미소를 지었고, 고연미는 그걸 보면서 자신도 모르게 부르르 떨었다.

'천재라고 하는 게 절대 농담이 아니었어.'

자신도 아이돌을 하면서 함께 사법시험을 준비했기 때문에 천재라는 소리를 들어 보기는 했다. 그러나 노형진은 차원이 달랐다.

자신은 벗어날 생각만 했지만 노형진은 벗어나는 것뿐만 아니라 그 후에 벌어질 상황까지 대비한 셈이다.

자신이 암기의 천재라면 그는 그 암기력에 통찰력까지 가지고 있는 천재인 것이다.

"당신 참 무서운 사람이군요."

"그런가요?"

노형진은 그 말을 듣고 미소 지었다. 자주 듣는 말이다.

"뭐, 적에게는 두려워야지요. 변호사는 구원자이자 징벌자니까."

그리고 자신들의 잘못을 뉘우치지 않았던 자들에게 징벌이 떨어지기 시작했다.

⚖

"아이고, 이게 무슨 일이야."

전에 고소했던 것은 애초에 저들에게 용기를 줘서 도발을 유도하고 그들을 이유로 경호원을 배치하기 위해서였다.

그러나 이제는 그럴 이유가 없으니 진짜로 위험하게 굴던 자들에게 자비를 베풀어 줄 이유가 없었다.

"한 번만 용서해 주세요, 흑흑흑."

눈물을 흘리는 수많은 여자아이들.

남자도 있었지만, 여자들이 대부분이었다. 락스피릿이 보이 그룹이니 그럴 수밖에.

"안 돼."

노형진은 단호하게 못을 박았다.

"아저씨, 아니 변호사님."

"너희들에게 기회는 두 번씩 줄 수 없어. 처벌받고 나와."

"흑흑흑."

아무리 인터넷에서 떠벌리고 강한 척한다고 해도 결국은 여자들이 대부분이다. 현실적으로 이길 수 없는 상황이 벌어지면 멘붕이 올 수밖에 없다.

물론 남자들도 마찬가지이기는 하지만 말이다.

"제정신이냐? 죽은 고양이를 보내? 상대방이 그걸 받고 무슨 생각을 하겠냐?"

분위기를 타서 극단적 선택을 했던 아이들은 어쩔 줄 몰라 했다.

당장 경찰서에서 출석요구서가 오고, 증거를 보고 경찰이 기겁하는 것만 봐도 자신들이 얼마나 큰 실수를 했는지는 알 수 있었던 것이다.

"변호사님."

"자기가 한 일에 책임은 져야지."

노형진이 그렇게 한쪽에서 겁주고 있을 때 한쪽에서는 다른 분위기의 상황이었다.

"맘고생이 심하셨겠어요."

"죄송합니다, 저희 딸이 철이 없어서."

"아이들이 그럴 수도 있지요."

진단서를 보면서 고개를 끄덕거리는 손채림과 고연미.

"일단 진단서를 떼어 오셨으니 약속대로 합의금은 50만 원만 받을게요."

"감사합니다. 감사합니다."

고연미의 손을 꼭 잡고 눈물을 흘리는 부모들.

그럴 수밖에 없는 게, 명예훼손이나 모욕죄에 대한 손해배상이라는 것은 상대방이 사회적으로 얼마나 지명도가 있는지에 따라 금액이 바뀐다.

이에 따르면 고연미는 전직 아이돌이며 현직 변호사인 데다가 얼마 전 락스피릿의 찬수와 열애설까지 터져서 한국에 모르는 사람이 없으니 모욕죄에 대한 손해배상액이 어마어마해진다는 뜻이다.

그런데 그걸 고작 50만 원에 해 준다니.

물론 힘든 사람들에게는 고작이 아닐 수도 있지만, 그런 사람들은 적당히 선처해 주면 된다.

"그럼 취해서는 합의금이 들어오는 대로 보내 드릴게요."

"감사합니다. 감사합니다."

인사를 하면서 돌아가는 부모들.

그렇게 하루 종일 면담이 끝날 때쯤, 노형진은 피곤한 얼굴로 사무실 안으로 들어왔다.

"젠장, 아껴 둔 월차가 이렇게 날아가네."

"어차피 쓰지도 않잖아? 좀 쓰라고 난리인데."

"시간이 있어야 쓰지."

어깨를 으쓱하는 노형진.

"그런데 왜 고작 50만 원으로 한 거야?"

"응?"

"아니, 더 받아도 되는 거 아냐?"

"그러면 좋지만, 그러면 득보다는 실이 더 많아."

"득보다는 실이 많다고?"

"그래. 고연미 씨는 널리 알려진 사람이니까."

만일 이번 일로 그녀가 돈독이 올랐다고 소문이라도 나면 나중에 변론을 맡기러 오는 사람이 없을 것이다.

그러니 그녀가 최대한 선처를 해 준다는 이미지를 만들어 줘야 나중에 사람들이 착하다고 생각해서 찾아오는 것이다.

당장 버는 게 중요한 게 아니라, 미래를 위한 이미지 컨설팅이 더 중요한 상황.

"하긴, 현대는 이미지가 대부분이죠."

아이돌 출신인 고연미는 그 이유를 정확하게 이해하고 있었다.

"그건 알겠어요. 그런데 도대체 이 진단서는 왜 받아 오라고 한 거예요?"

고연미는 가득한 진단서를 보면서 고개를 갸웃했다.

무슨 상해를 입은 것도 아닌데 정신감정 진단서를 받아 오라고 하다니?

"이미지 관리도 있지만 사회적인 문제도 있으니까요."

"사회적 문제?"

"이런 집단적 광기 상태를 과연 정상인이 이끌어 내리라고 생각하세요?"

"네?"

순간 이해하지 못한 표정이 되는 손채림과 고연미.

아무래도 아직은 심리적인 부분에 대해서는 둘 다 경험이 부족했다.

"이런 감정적 광기 상태의 시작은 자기 스스로 감정을 통제하지 못하는 사람들에게서 발생합니다. 그리고 그가 불이익을 당하지 않으면 그 감정은 전염되듯이 주변으로 퍼지지요."

"그래요?"

"네, 그게 바로 집단적 광기를 만들어 냅니다. 그런데 중요한 건 처음이죠. 과연 자기 스스로 감정을 통제하지 못하는 사람이 누가 있을까?"

"어리니까?"

"어리니까 더 문제인 겁니다. 어린아이들은 겁이 많아요. 그런 애들이 집단적으로 광기에 빠져들 정도면 그 내부가 얼마나 개판일까요?"

"음……."

맞는 말이다.

당장 인터넷에서는 무슨 용기 있는 사람들처럼 외치던 사람들도 경찰이 오면 도망가거나 잘못했다고 빈다. 마치 뭔가에 홀린 것처럼 말이다.

"그리고 그런 광기를 만들어 낸 자들 중 상당수는 정신병적 질환이 있을 가능성이 높습니다. 소시오패스일 수도 있고 사이코패스일 수도 있으며, 조현병 환자일 수도 있지요."

손채림은 깜짝 놀랐다.

"그런 거야?"

"그래. 다행히 대부분의 아이들은 어려. 치료하거나 적절히 관리할 수 있는 시점이지. 하지만 부모들은 자신의 아이가 정신적으로 불안정하다는 것을 몰라. 인정하고 싶지 않아 하기도 하고."

"그렇지만 진단서가 나오면 상황이 달라지겠네."

의사가 진단했고 자녀가 정신적으로 불안정하다고 판단된다면, 어떤 부모든 치료하려고 할 것이다.

"그 아이를 위해서도 사회를 위해서도 좋은 일이지."

노형진이 고개를 끄덕거리면서 말하자 고연미는 어이가
없다는 듯 중얼거렸다.

　　"부처님 손바닥 위라는 게…… 이런 기분인 것 같아."

　　다른 수많은 변호사들이 겪었을 그 기분을 겪으면서, 그녀
는 자신도 모르게 살짝 떨 수밖에 없었다.

지렁이도 모으면 태산?

쾅!

유민택은 분노하고 있었다.

그럴 수밖에 없는 게, 성화와의 싸움에서 딱히 실적이 보이지 않고 있었기 때문이다.

성화가 드디어 대기업에서 중견 기업으로 떨어졌다고 이제 승리가 얼마 안 남았다고 확신했건만, 생각보다 상황은 더 좋지 않았다. 들어오는 소식은 승리가 아니라 패했다는 소식이 더 많았다.

"장난합니까? 상대는 대기업도 아니고 중견입니다. 그런데 계속 진다고요?"

관공서에 관련된 건설도 그쪽에 빼앗기는 건 이해한다.

성화가 옛날부터 로비와 뇌물로 유명해서, 건설에서 그 로비와 뇌물 빼고는 남는 게 없을 정도이니.

"그게, 건설 쪽은 그쪽에서 정부의 시책을 받아들여서……."

땀을 뻘뻘 흘리는 건설 회사 대표.

"건설은 그렇다고 쳐도 다른 곳은 뭡니까!"

건설이야 현 정부에서 하는 국립 토지 사업에 끼어들어서 막대한 돈을 받아 가고 있으니 이해할 수는 있다.

사실 대룡도 끼어들 수 있지만 노형진이 그래 봐야 좋을 거 없다고 하고, 내부 연구자들도 이건 돈 놓고 돈 먹는 사업이지 자연을 위한 사업은 아니라고 했다. 그래서 과감하게 포기한 것이다.

그런데 성화가 들어간 것은 전혀 예상외였다.

'망할 놈들.'

성화가 그곳에 들어갈 정도로 큰 건설 기업은 아니다. 상대적으로 건설에 진출이 늦어서 규모가 작기 때문이다.

그런데 일부 구간을 받아 내는 데 성공한 것이다.

'뇌물의 힘인가?'

사업을 하다 보면 안 줄 수 없는 게 현실이다. 하지만 대룡은 상식치 이상만큼은 주지 않는다.

그러나 다급한 성화가 그런 상식을 지킬 리 없다.

"말로는 공사비의 20퍼센트를 뇌물로 주기로 약속했답니다."

"그렇다면······."

그 공사가 제대로 진행될 리 없다.

한국의 공사 구조는 담당한 회사가 직접 공사하는 게 아니다. 거대 기업이 일을 담당하고, 그리고 그 후에 그걸 다른 기업에 하청하고, 그 기업은 또다시 하청을 주고, 하청받은 기업은 또다시 하청을 준다.

즉, 100억짜리 공사라고 하면 진짜 공사 현장에 들어가는 돈은 50억도 되지 않는다.

당연하게도 그 중간 하청기업들은 비밀리에 만든 대기업들의 계열사이거나 그에 관련된 자들이다.

"공사야 그렇다고 쳐도 다른 건 뭡니까?"

몇 번이나 치명적인 공격을 했는데도 쓰러지지 않는 곳. 그곳은 다름 아는 성화전자다.

가장 든든하게 버티는 곳이며 또한 가장 골치 아픈 곳으로, 현재 대룡에 대항하는 성화의 군자금을 만들어 내는 곳이기도 하다.

디자인 문제로 한번 타격을 주기는 했지만 성화전자가 그 정도로 무너질 집단은 아니었다.

"회장님, 어쩔 수 없습니다. 지금 남아 있는 기업들은 성화의 알짜 중에서도 알짜입니다. 지금까지 상대하면서 쓰러트린 기업들은 쭉정이거나 새로 시작한 곳 수준입니다. 하지만 성화전자 같은 곳은 내실이 있고 무너뜨리기도 힘든 곳입니다."

"끄응……."

유민택은 머리를 부여잡았다. 틀린 말이 아니기 때문이다.

"망할 놈들…… 끝까지……."

지금 남은 기업들은 성화에서도 알짜 중 최고 알짜들이다.

성화는 버티기 위해 돈이 안 되는 모든 것을 처분했다. 이를 반대로 말하면, 지금 쥐고 있는 것은 절대적으로 돈이 되는 놈들이라는 뜻이다.

"대룡전자가 크다고 하지만 아직 지명도 면에서 성화전자만 못합니다. 그리고 아시다시피 성화전자가 더 지명도가 있습니다. 이건 세계적인 문제인지라……."

"그걸 해결하라는 거 아닙니까!"

"그게 쉬울 리가……."

"지금 그거 하나 해결하지 못하면서 사장단이라고 버티는 겁니까!"

버럭버럭 화를 내는 유민택.

사장이면 사장답게 해결책을 제시해야 하는데 그들은 사장의 자리에 있으면서도 제대로 된 해결책을 제시하지 못하고 있었기 때문이다.

"죄송합니다."

하지만 마냥 그들을 탓할 수는 없다.

그럴 수밖에 없다. 이쪽에서 가장 무너트리고 싶다는 것은, 반대로 말하면 저쪽에서 결사적으로 방어한다는 뜻이기 때문이다.

"판매량을 낮추기 위해 노력은 해 보고 있습니다만 워낙 고객들 충성도가 높은지라…….."

"그걸 빼 와야지요!"

"알고 있습니다만…….."

충성도라는 게 그냥 생긴 말이 아니다. 스펙이나 가격 면에서 이쪽이 더 나은 선택이라고 할지라도 무조건 저쪽을 사는 게 바로 고객들의 충성도다.

그건 홍보나 할인 행사로 빼 올 수 있는 수준이 아닌 것이다.

"그 방법을 찾아내라고요!"

무너질 듯 무너질 듯 무너지지 않는 성화에 큰 거 한 방을 먹여야 한다.

상대방의 방어가 너무 굳건해서, 그러지 못하면 이 싸움은 오래갈 수밖에 없다.

'그렇게 둘 수는 없어.'

아무리 유민택이 정정하다고 하지만 그래도 나이가 적은 것은 아니다.

현직에서 활동하기에 충분한 나이이기는 하나 나이를 먹을수록 판단력은 떨어지고 실수하게 될 것이다.

그렇게 되면 성화가 역습을 할 수도 있다.

아니, 그걸 떠나서, 자신이 살아생전에 성화가 무너지는 꼴을 보지 못하면 억울해서 눈도 못 감을 것이다.

"다른 시점으로 접근하는 건 어떨까요?"

"다른 시점?"

"노 변호사에게 도움을 청하는 겁니다."

"허."

유민택은 기가 막혔다.

물론 노형진이 자신들과 다른 시선을 가지고 있고 그 때문에 몇 번이나 승리한 것은 사실이다. 그런데 명색이 사장이라는 작자가 해결책은 생각 안 하고 떠넘길 생각을 하다니.

'아니다……. 차라리 그게 나을지도.'

자신의 능력을 과신하는 것은 더욱 나쁜 것이다.

많은 사업가들이 그러다가 사업을 망하곤 했다. 그러니 자신의 한계를 알고 그에 맞게 행동하는 게 나을 수도 있다.

"노 변호사에게 부탁하면 맨입으로는 안 된다는 거 알 텐데요?"

이런 방법은 단순히 돈을 주고 일을 해 달라 할 수 있는 게 아니다.

기브 앤드 테이크. 오면 줘야 한다.

"그래도 성화에 한 방 먹일 수만 있다면……."

그렇다면 남는 장사라는 사실은 확실하다.

결국 유민택은 마음먹었다.

"부탁합시다."

어쩌면 노형진이 이번 사태에 해결책을 알려 줄지도 모른다는 기대를 하면서 말이다.

⚖️

"전 마법의 주머니가 아닌데요?"

사무실까지 불려 온 노형진은 머리를 북북 긁으면서 말했다.

"제가 무슨 신도 아니고, 갑자기 성화를 공격할 만한 방법을 찾아보라고 하신들…….."

"정확하게는 성화전자에 대한 공격일세. 다른 곳들은 많이 뒤흔들었지만 그곳은 아니야. 철옹성 같은 곳이야."

"흠…….."

그건 맞는 말이다.

그리고 그곳이 존재하는 한 성화는 무너지지 않을 것도 사실이다.

"쉽지 않은데요?"

전자 기기 시장은 너무나 확고한 시장이다. 딱히 뇌물이나 범죄가 들어갈 만한 시장도 아니고 말이다.

물론 정부에 납품하는 것은 뇌물이 들어가겠지만, 그 판매량을 봐서는 치명적인 타격을 줄 정도는 아니다.

즉, 상대방에게 타격을 주기 위해서는 다른 방법을 찾아야 한다는 뜻이다.

"그러니까 자네가 그런 방법을 찾아봐 달라는 걸세."

"아니, 그럴 때 쓰라고 사장단과 전략 팀이 있는 거 아닙니까?"

"그게 문제야."

"그게 문제라고요?"

"그래. 그들은 기업 대 기업의 전쟁에 너무 익숙해. 그런데 그 방식은 대부분 비슷하네."

"결국 새로운 방식이 없다?"

"그래."

이쪽에서 쓰는 방식은 저쪽에서도 예상한다. 저쪽에서 예상하니 당연히 방어할 방법도 안다.

그러니 제대로 타격은 못 주고 도리어 돈만 날리는 셈이다.

"그러니 문제가 되는 거야."

"흠……."

노형진은 약간 고민하면서 입맛을 다셨다.

'전자라……'

확실히 성화전자가 현재 성화의 핵심이기는 하다.

'하지만 이쪽은 진짜 답이 안 보이는데.'

지금까지 노형진은 저들의 공격 중 위법한 부분을 이용해서 뒤집어 왔다.

그러나 불특정 다수에게 판매하는 전자 기기라는 특성상 위법한 부분이 들어갈 부분이 그다지 많지 않다.

그렇다고 홍보만으로 승부를 걸기에는 한계가 있고.

"딱히 마땅한 방법이 보이지 않는군요."

"자네도 말인가?"

"다른 사람들이 해결하지 못한 것을 제가 갑자기 해결할 수 있을 리 없지요."

뜬금없이 불러서 해결책을 찾으라고 하면 갑자기 나올 리 없다.

'더군다나 지금쯤이면 대룡이 존재하지 않았어야 정상이란 말이지.'

원래 역사에서 대룡은 존재하지 않는다. 그러니 해결책이 역사적으로 있을 리 없다.

"자네가 좀 생각해 보게나."

"노력은 해 보겠습니다만……."

노형진은 입맛을 다시면서 그렇게 말하는 것 말고는 할 수 있는 게 없었다.

⚖

"우쭈쭈. 아이고, 예뻐라."

오랜만에 집에 모인 가족들.

어떤 집이나 마찬가지겠지만 가족들이 모이면 가장 중심이 되는 것은 아이다.

특히나 어린아이가 있으면 움직이는 것 자체가 신기하다고 할 정도로 사람들의 시선은 그쪽으로 쏠린다.

"아버지, 그렇게 예뻐요?"

"자기 손주 안 예쁜 사람도 있나?"

노형진의 아버지 노문성은 손주에게서 시선도 떼지 못하고 대꾸했다.

"거참."

"너도 자식 낳아 봐."

"누나가 할 말은 아닌데."

"아니, 할 말 맞는데? 너도 슬슬 짝을 찾아야지."

"아니, 내 나이가 몇인데!"

"네 매형은 너만 할 때 결혼했다."

"그건 사고를 친 당사자끼리의 문제지."

노형진은 어이가 없다는 듯 말했다.

이제 막 20대 중반을 넘어가고 있는 자신이 벌써 결혼이라니.

"난 너만 할 때 너희 누나 낳았다."

심지어 아버지까지 태클이 들어오자 노형진은 기가 막혀서 말이 안 나왔다.

"전 아직 결혼 생각 없습니다."

"그런 놈들이 꼭 결혼 일찍 하지."

"진짜라니까."

툴툴거리면서 노형진은 조카를 바라보았다.

"까꿍."

"거봐, 예뻐 죽으면서."

"조카 예쁜 거랑 결혼이랑 무슨 관계야?"

"그런 거야."

"안 그런 겁니다. 그냥 놔둬요, 쫌."

그렇게 말하면서 조카의 손에 과자를 쥐여 주는 노형진.

조카가 그걸 입에 넣고 오물거리는 모습이 신기하기는 했다.

'거참…… 아이들이란 건 신기하단 말이지.'

회귀 전 키웠던 아이들은 자기 자식이 아니었는데도 지금도 가끔 생각이 난다.

그만큼 아이들이라는 것은 알 수 없는 마력을 가지고 있었다.

"그나저나 요즘 바쁘다더니? 어쩐 일이야?"

"그냥 대룡 사건을 담당하게 되었거든."

"대룡?"

"응. 그래서 다른 사건들이 재분배돼서 시간이 좀 남아."

대룡은 워낙 큰 고객이다 보니 특수한 경우가 아니면 담당하는 변호사가 결정되면 중요도가 떨어지는 사건은 재분배하는 것이 보통이다.

물론 위험한 사건은 안 그런다. 확실하게 이길 수 있는 것들만 재분배가 된다.

그 경우 노형진이 담당을 하지 않아도 조언은 따라가기 때문에 문제 되는 경우는 없었다.

"그러면 엄청나게 일 많은 거 아냐?"

"이번 건 법률 소송이 아니라 성화와의 싸움에 관련된 거라……."

"그런 것도 너한테 맡겨?"

노현아는 분유를 타면서 고개를 갸웃했다.

노형진은 변호사지, 사업가가 아니다. 그런데 기업 간의 싸움에 관련된 일을 맡기다니?

"법적으로 조언해 주는 게 변호사이기는 한데, 또 사업적인 컨설턴트 역시 변호사의 업무라고 볼 수도 있거든."

"변호사가 무슨 노예냐?"

"뭐, 반쯤은."

"뭐?"

"변호사의 목적은 의뢰인의 최대 이득에 있잖아."

그래서 변호사는 의뢰인의 범죄 사실을 알고 나서 신고하지 않아도 처벌받지 않는다. 비밀을 지킬 의무가 있기 때문이다.

"오빠가 그런 것도 해 줘야 해요?"

서세영은 고개를 갸웃하면서 물었다.

지난번 사건 이후에 그녀는 노문성의 집에 들어와서 함께 살고 있다. 가족도 없고 나이가 어려서 고아원에 갈 수밖에 없었는데 노문성이 가족으로 받아들여 준 것이다.

그녀는 노형진이 구해 준 걸 기억하고 있었고, 그래서 변호사가 되기 위해 열심히 공부하고 있었다.

그러니 변호사의 업무에 관해서 궁금할 수밖에.

"내가 좀 특이한 경우지."

사실 사업 계획까지 짜 줄 이유는 없다.

그러나 또 한편으로는, 새론과 대룡은 한배를 탄 사이다. 어차피 성화라는 공동의 적이 있으니 그를 공격하는 데 도움을 주는 것은 당연하다면 당연한 일이다.

"처남이 능력이 뛰어나기는 하지."

박광석은 안다는 듯 고개를 끄덕거렸다.

"에이, 그 정도는 아니에요."

"아니긴. 사법연수원에서도 처남을 모르는 사람은 드물다고 교수님들이 입에 붙이고 살아. 전설이야, 전설."

"헐."

본의 아니게 전설 타이틀을 가지게 된 노형진은 어색하게 웃을 수밖에 없었다.

'그러고 보니 우리 집도 참⋯⋯.'

자신도 변호사고 서세영도 변호사를 꿈꾸며 매형인 박광석은 판사다.

어쩐지 자신 때문에 인생이 다 바뀐 듯한 느낌.

'뭐, 좋게 바뀐 거면 좋은 거지.'

안 그랬으면 누나의 인생은 박살이 났을 테니까.

"그래서 좋은 방법은 있는 거냐?"

분유가 나오자마자 덥석 받아채서 손주에게 먹이는 노문성. 그러면서도 궁금함은 어쩔 수가 없었나 보다.

　　아이에게 분유를 먹이면서도 노형진에게 질문을 하는 걸 보니.

　　"글쎄요……. 솔직히 이번에는 저도 답이 없네요."

　　"왜?"

　　"이번에 쓰러트려 줬으면 하는 상대가 성화전자거든."

　　"야, 그거 무리인데?"

　　박광석은 안 될 거라는 듯 손을 절레절레 흔들었다.

　　"성화전자를 무너트리는 게 그렇게 쉽나?"

　　"쉬울 리 없죠."

　　아무리 다른 기업에 비해 성화전자가 작은 편이라고 하나 상당한 충성도를 가진 기업이다.

　　그리고 그런 기업을 무너트리는 것은 상당히 힘들다는 것은 박광석도 알고 있었다.

　　"너무 무리한 요구 아냐?"

　　"그쪽으로서도 타격을 줘야 하니 절 부른 것이겠지요."

　　"그래도 너무한데, 성화전자라니."

　　"우우…… 변호사가 그런 것까지 해야 해요? 하지 말까?"

　　"내가 특수한 경우라니까. 다른 변호사는 그런 것까지 안 해."

　　이런저런 이야기를 하는 사이 어머니가 밥상을 펴기 시작했다.

"일 이야기는 나중에 하고, 자, 밥들 먹자."

"그래야지요. 금강산도 식후경이라고 했으니. 안 그래도 혼자 살다 보니 제일 그리운 게 집 밥인데."

"그러니까 너도 빨리 장가를 가."

"아, 진짜 엄마까지 왜 그래요?"

티격태격하면서 밥상을 펴고 식사를 하기 시작하는 가족들.

아버지는 자연스럽게 리모컨을 들어서 방송을 틀었다.

"얼래? 아버지 식사 중에 텔레비전 보는 거 안 좋아하시잖아요."

"크험……."

"말도 마라. 너희 아빠 요즘 뭔…… 드?"

"미드."

"미국 드라마인지 쌀국 드라마인지, 그거에 빠져 산다."

"본방을 지켜야 해. 재방을 언제 할 줄 알고?"

식사를 하면서도 방송에서 눈을 떼지 못하는 아버지.

노형진도 그걸 보면서 고개를 끄덕거렸다.

'미드가 재미있는 게 많지.'

특히 아버지 타입의 드라마가 한국에서보다는 미국에 더 많은 건 당연한 일.

"저 사람이 주인공인가 봐요?"

자신이 익히 아는 배우가 나와서 연기하자 노형진은 그가 주연이라고 생각했다.

하지만 그런 그의 예상은 틀렸다.

"아닌데."

"네? 아니라고요?"

"저기 서 있는 남자가 주연이야."

"네? 그럴 리가요?"

자신이 본 배우는 상당히 유명한 배우고 다른 영화나 그런 곳에서도 주연으로 나오는 사람이다.

그에 반해 그와 대화하는 다른 남자는 자신이 잘 모르는, 영화에서도 본 적이 없는 사람이었다.

"잠깐 출연하는 거야."

"왜요?"

"내가 아나?"

어깨를 으쓱하는 아버지.

노형진은 신기하다는 듯 화면을 바라보았다. 분명히 주연급 배우다. 그런데 주연이 아니라고?

"그냥 조연이야."

"엉? 누나, 저거 봤어?"

"아니. 그건 아닌데, 나도 집에서는 미드 가끔 봐. 볼만하거든."

"그런데 조연인 건 어떻게 알아?"

"한국하고 미국은 문화가 좀 다르거든."

"문화가 다르다고?"

"그래."

한국은 성공해서 주연 자리를 가질 정도가 되면 조연으로 다른 연기를 하려고 하지 않는다. 자신의 이미지를 지키기 위해서다.

하지만 미국은 그렇지 않다.

주연급 배우가 된다고 해도 가끔은 다른 작품에 조연으로 출연하기도 한다.

새로운 배역에 대한 감각을 느끼는 것도 목적이고, 또 그렇게 함으로써 다른 영화가 인기를 얻을 수 있게 하기 위해서였다.

"미국은 주연으로 나오던 사람이 다른 드라마에서는 조연이나 엑스트라로 나오기도 해."

"헐?"

"주연급이라고 해서 다른 작품을 무시하거나 그러는 게 아니니까."

"하긴……."

한국에서도 주연급 배우가 다른 드라마에 출연하는 경우가 아주 없는 건 아니다. 하지만 말 그대로 잠깐, 카메오라고 해서 눈 깜짝할 사이에 등장했다가 사라지는 정도?

그런데 저기 나오는 것은 주연도 아니고 카메오치고는 또 출연 분량이 애매하게 많다.

"나쁜 건 아니지. 인기 있는 드라마에서 조연으로 출연하면 사람들에게 자신을 알릴 수 있으니까."

"자존심보다는 실익인가?"

"그런 셈이지."

아무렇지도 않게 말하는 노현아.

그 순간 노형진의 머리에 방법이 번쩍하고 스치고 지나갔다.

"그래! 자존심보다는 실익!"

"응?"

"그거야! 내가 왜 그 생각을 못 했지?"

"그게 무슨 소리야?"

밥 먹다 말고 벌떡 일어나서 외치는 노형진과 그를 의아하게 바라보는 가족들.

"대룡의 부탁 말이야! 그걸 해결할 방법이 생각났어!"

당장이라도 튀어 나갈 듯 움직이는 노형진.

그러나 그런 그의 소망은 결국 실패하고 말았다.

짝!

"악!"

어머니의 찰진 스매싱에 온몸을 비트는 노형진.

"이 시간에 찾아가는 거 예의 아니다."

"하지만……."

"내일 아침에 가."

"시간이……."

"그래서, 오늘 가면 내일 성화가 망한다고 하디?"

노형진은 제자리에 앉아서 조용히 떡만둣국을 먹을 수밖에 없었다.

⚖️

"하청을 받으라고?"

해결책이라고 가지고 온 것이 뜬금없이 하청이라니, 유민택은 기가 막혔다.

"그게 무슨 말인가, 하청이라니?"

"요즘 성화는 전자 산업을 지키기 위해 할인 행사를 상당히 많이 한다고 들었습니다. 아닌가요?"

"그건 알고 있네."

성화는 전자가 자신들의 최후의 보루라는 것을 알고 있다. 다른 사업들은 구색은 될지언정 이제 돈줄은 되지 못하기 때문이다.

"이 수익이라는 게 참 애매하죠. 성화가 자기 스스로 돈줄인 전자의 가격을 낮춘다면 어떤 일이 벌어질까요?"

"그러면 당연히 수익도 낮아지겠지."

"그런데 그렇게 되면 성화는 대룡과 싸울 실탄이 부족하게 됩니다. 아닌가요?"

"그건 그러네만?"

"제가 그 싸움의 내면까지 보지는 못하지만 말입니다, 지금 성화가 실탄이 부족해 보이십니까?"

"응?"

"상당히 잘 방어하는 데다가, 실탄이 부족해 보이지도 않던데요?"

"그거야 그러네."

유민택은 고개를 끄덕거렸다.

성화는 상황이 좋지 않은 지금도 실탄 부족, 즉 돈이 마르지는 않았다. 돈이 마르는 순간 게임은 끝인데 이상하게 그 돈이 어디에선가 계속 나오는 것이다.

"은행 대출은 한계가 있다면서요?"

"그렇지."

성화가 대기업에서 중견으로 내려가면서 은행들은 대출을 꺼리고 있다.

그럴 수밖에 없는 게, 그건 성화와 대룡의 싸움에서 대룡이 우위를 차지하고 있다는 가장 확실한 증거이기 때문이다.

지난해 대룡은 재계 순위가 상승한 반면 성화는 순위 하락 정도가 아니라 대기업에서 퇴출되었다.

성화와 대룡의 싸움을 모르는 은행은 없으니 당연히 지고 있는 곳에 돈을 주려고 하지는 않을 것이다.

"그렇다면 결과적으로 전자에서 버는 돈이 적지 않다는 건데……."

"그게 문제야."

그래서 전자에 한 방 먹이려고 하는 것이다. 그래서 노형진에게 부탁한 거였고.

"그렇다면 그 고통은 누가 받을까요?"

"고통?"

"전자 제품의 가격을 낮춰서 판매량을 높인다면 이익률은 떨어집니다. 그럼에도 불구하고 그들은 그 돈을 실탄으로 쓰고 있지요. 누군가는 손해를 봐야 하는 구조에서 말입니다."

"그렇군. 그렇다는 건……."

유민택도 사업하는 사람이다. 그러니 이런 경우 어떤 시스템인지 이해할 수 있었다.

"하청 업체군."

"대한민국 대기업의 고질적인 문제지요."

하청 업체. 대기업 소속은 아니지만 그들에게 일을 받아서 해 주는 곳들.

대한민국에서 중소기업이라고 하는 대부분의 기업들은 하청으로 살아가는 경우가 많다.

"그들에게 하청을 주자고? 무리일세. 우리는 그들에게서 오는 물건을 감당할 만큼 전자 부문이 크지 않네."

대룡은 야심차게 전자에 진출했지만 여전히 그 시장은 작았다. 성능이 떨어지는 건 아니지만 지명도에서 너무나 떨어지기 때문이다.

"압니다. 그래서 하청을 받으라는 겁니다."

"하청을 받으라고?"

"네. 일단은, 현재 그들의 상황은 뻔하니까요."

경기가 안 좋아지면, 아니 안 좋다고 주장하면서 원청 업체는 하청 업체에 매년 가격을 낮출 것을 요구한다.

가령 맨 처음에 하청에 요구하는 것은 개당 단가가 1천 원이라면 다음 해에는 980원, 그다음 해에는 970원 같은 식으로 말이다.

당연히 하청 업체는 하청이 끊겨 기업이 망하지 않게 하기 위해 어쩔 수 없이 그 부탁을 들어준다.

"그러다가 결국은 원가 부분까지 건드리게 되는 거죠."

1천 원짜리 물건의 원가는 700원이다. 그런데 시간이 지나면 원청 업체는 600원대를 요구한다.

이런 악순환은 계속 반복된다.

"그래서?"

"아마도 성화는 이 방법을 쓰고 있을 겁니다. 성화의 상황이 안 좋은 건 당연히 다른 기업들도 알고 있으니까요."

성화가 망하면 하청인 그들도 망한다. 그러니 그들은 울며 겨자 먹기로 성화에 물건을 줄 수밖에 없다.

"아마 일부는 원가 이하로 주는 곳도 있을 겁니다."

"흠, 하긴…… 그런 일이 적지는 않지."

바보같이 왜 원가 이하로 주느냐고 하는 사람이 있을지도 모른다.

하지만 그런 사람은 사업이라는 걸 너무 쉽게 보는 것이다.

하청이 끊기는 순간 그 공장 부지도, 기계도, 인력도 의미가 없어져 버린다. 말 그대로 망하는 것 말고는 방법이 없다.

그게 수백억 원어치라고 해도 말이다.

하지만 일단 원가 이하로 거래되더라도 거래가 있으면 조금씩은 돈이 들어온다.

금방 망하지는 않는 것이다.

'천천히 익사하느냐, 총 한 방 맞고 죽느냐지.'

당연히 대부분의 사람들은 전자를 택한다. 시간을 끌면서 방법을 찾아보기 위해서다.

그리고 최소한 성화와 거래한다는 타이틀을 가지고 있으면 사장은 잘 모르는 사람에게 공장을 넘기고 빠져나올 수 있다.

소위 말하는 폭탄 돌리기를 하는 것이다.

그러나 거래가 끊어진 곳을 살 사람은 없다.

"아마도 성화는 그런 식으로 수익을 보전하고 있을 겁니다. 그렇지 않으면 현 상황은 불가능하니까요."

"그건 알고 있네. 그러니까 그쪽에 하청을 주자 이거 아닌가? 그러면 이쪽으로 넘어온다고. 좋은 생각이기는 한데, 우리로서는 그들의 물건을 소비할 여력이 없단 말일세."

"우리가 소비하는 게 아니라 그들이 성화의 시장을 까먹는 겁니다."

"뭐라고?"

"하청이 뭡니까?"

"하청이 하청이지 뭔가?"

"하청은 결국 남의 일을 하고 돈을 받는 겁니다. 왜 그들은 하청을 할까요?"

"그거야 두 가지가 부족해서 그런 것 아닌가. 배급력과 기술력."

첫 번째 문제는 기술력이다.

현대에 와서 재벌들은 규모를 줄이고 이익을 쉽게 내기 위해 대부분의 부품을 하청 업체에서 받아 온다.

그러나 그 하청을 하는 곳들은 기술력이 부족하기 때문에 독립하고 싶어도 할 수가 없다.

텔레비전을 예로 들면, 대부분의 부품이 하청이지만 필수적인 부품은 하청이 아니다.

그 필수적인 부품이 상당한 기술력을 필요로 하는데, 그걸 연구 개발할 돈이 하청 업체들에는 없다.

'그러면 대기업들은 부품을 받아 와서 그것만 추가해서 엄청난 이득을 내어 팔지.'

춤은 곰이 추고 돈은 왕 서방이 먹는다고, 하청 시스템이 딱 그 짝이다.

일단 기적적으로 하청 업체에서 물건을 만들어도 문제가 있다.

좋은 물건을 만들면 뭐하나, 팔 수가 없는데.

전국적인 판매 시스템을 만드는 것은 상당히 힘든 일이다.

"하지만 대룡은 시스템이 있지요."

"음……."

확실히 시스템이 있다, 전자 쪽 공장이 작을 뿐. 현재 대룡에서 나오는 전자 제품에는 한계가 있으니까.

공장을 확충한다는 것은 상당히 힘든 일이다.

"결국 하청을 주자는 거잖나?"

"아니요, 하청을 받자는 겁니다."

"그게 뭐가 다른데?"

하청을 주고 제품을 받아 와 팔아서 수익을 내는 것과 하청을 받아서 파는 것은 차이가 없다.

"차이가 있지요. 아주 큰 차이가."

"아주 큰 차이?"

"네. 하청 업체들은 기본적으로 원청이 갑이고 하청이 을입니다."

"그렇지."

"만일 우리가 하청을 받아서 핵심 부품을 납품하게 되면 저들이 갑이 되지요."

"그런 말장난에 속을 리가."

몇몇 기업들이 갑과 을을 바꿔서 쓰기도 하지만 원청이 갑이라는 것은 말을 바꾼다고 해서 바뀔 일이 아니다.

하지만 노형진의 말은 전혀 달랐다.

"그 둘은 완전히 다르지요."

"달라?"

"네. 우리가 하청을 하게 되면 원청들, 그러니까 부품을 만들어서 공급하던 기업들이 따로 뭉치게 할 수 있습니다. 그렇게 된다면 성화에 심각한 타격이 될 겁니다."

유민택은 정신이 번쩍 들었다.

그렇게 된다면 아무리 성화라고 해도 심각한 타격을 입을 수밖에 없다.

"그럴 수도 있겠군."

"그럴 수도 있겠군이 아니라 그럴 수밖에 없지요."

원청 업체들이 한순간에 하청을 바꾸는 거야 어려운 일이 아니다. 심지어 원청 업체들이 하청 업체를 빼앗는 경우도 자주 일어난다.

그러나 그건 어디까지나 한 군데, 많아야 두 군데다.

"만일 이쪽에서 핵심 부품을 하청으로 공급한다면 어떻게 될까요?"

"뭉쳐서 자체 생산하는 쪽으로 나가려고 하겠지."

그렇게 되면 한꺼번에 수십 군데에서 이탈 기업이 나올 것이다.

산업이라는 게 무서운 것이, 한 군데가 비어도 모조리 멈춰 버린다는 점이다. 그게 바로 산업이다.

그런데 수십 군데가 멈춘다?

"그러면 아마도 난리가 날 겁니다."

성화의 입장에서는 제품을 만들 수가 없게 된다.

아니, 제품만이 문제가 아니라 수리에 쓸 부품도 구하지
못하게 된다.

"아무리 충성도가 높아도, 수리도 제대로 못 해 주는 회사
물건을 살 사람은 없지."

"그렇지요."

유민택은 노형진의 계획을 알아차렸다.

"어차피 기존에 있던 업체들을 한순간에 박멸할 수는 없습
니다. 사회적으로도 문제가 되지요. 하지만 우리가 하청을
받아서 공급한다고 한다면 사람들의 시선이 달라지지요."

"상생이라는 건가?"

지금까지 대룡은 성화와 다른 길을 선택했다. 그것이 바로
상생.

스스로 하청이 되어서 최소한의 단가 수익을 맞춘다면 중
소기업들은 살아날 것이고, 대룡은 다시 한 번 상생하는 기
업으로 이름을 떨칠 수 있다.

"수익률은 확실히 낮아질 텐데?"

"우리의 목적은 시장을 확장하는 게 아니라 성화를 무너트
리는 것이니까 상관없습니다."

유민택은 고개를 끄덕거렸다.

"우리의 목적은 성화지."

어차피 전자 쪽 수익이 많은 시점은 아니다. 그러니 성화를 무너트릴 수 있다면 차라리 수익 감소 정도는 포기할 수 있다.

"하지만 쉽게 넘어올까?"

"쉬울 리 없지요. 아마 성화에서는 필사적으로 방어하려고 할 겁니다."

성공한다면 성화전자의 목을 칠 수 있는 작전이다. 당연히 성화에서는 필사적으로 방어할 것이다.

"그런데 그런다고 해서 우리가 손해 볼 건 없죠."

"그렇지. 손해 볼 건 없지."

방어한다는 것은 많은 의미가 있지만 필수적으로 들어가는 조건은 하청 업체에 주는 돈을 늘려 준다는 뜻이고, 그 돈을 늘려 준다는 것은 성화의 수익률이 떨어진다는 뜻이다.

"그리고 그건 우리와 싸울 실탄이 줄어든다는 뜻이지."

실패해도 상관없다.

실패하면 대룡도 어느 정도 금전 손실을 보겠지만, 손실률에서 보자면 성화가 더욱 압도적이다.

이번 일은 어디까지나 돈을 더 벌기 위한 싸움이 아니라 상대방에게 타격을 주기 위한 싸움.

"성화 녀석들, 난리가 나겠군."

유민택은 확실히 좋은 방법이라는 것을 알 수 있었다.

"자네가 한번 해 보게."

"맨입으로요?"

"끄응……."

유민택은 신음을 낼 수밖에 없었다.

♎

다음 날부터 비밀리에 프로젝트 팀이 구성되었다.

물론 언젠가는 새어 나간다. 아니, 새어 나갈 수밖에 없는 게 현실이다.

사실 적절한 시점에 새어 나가게 하는 것이 목적이기도 하다. 그래야 성화가 압박을 받을 테니까.

"일단 1팀에서는 계획대로 비밀리에 성화의 하청 회사들과 접촉하는 것을 목적으로 합니다. 대상은 텔레비전 부품에 관련된 쪽입니다. 2팀은 냉장고, 3팀은 세탁기, 4팀은 에어컨……."

팀을 나누고 그들이 접촉할 기업을 분류하는 것은 어려운 일이 아니다.

성화와 거래하는 기업들이 어딘지도 모를 정도로 대룡이 정보력이 없는 것은 아니니까.

"그리고 13팀은 대외 기업을 접촉합니다."

"대외 기업?"

13팀의 팀장은 고개를 갸웃했다.

자신들에게도 부품 회사들과 관련된 쪽으로 가라고 할 줄 알았는데 대외 기업이라니?

"오디오 쪽을 말씀하시나요?"

"아닙니다. 오디오 쪽은 규모가 작아서 갈 필요가 없습니다. 요즘은 경기가 안 좋아서 오디오를 사는 사람도 드물고요."

"그럼 대외 기업이라 하면?"

"대체할 수 있는 기업을 말합니다."

"아!"

하청 업체들이 빠져나가기 시작하면 성화는 분명히 그들을 대체할 수 있는 기업을 찾아다닐 것이다.

"성화는 우리의 설득에 따라 빠져나간 기업들을 대체할 수 있는 곳을 찾으려고 할 겁니다. 하지만 그런 기업들은 생각보다 많지 않습니다."

성화 정도 규모가 되는 곳의 양을 감당하려면 공장 역시 규모가 있어야 한다. 그런데 그런 곳은 실질적으로 이미 거래하는 곳이 있을 게 당연하다.

그러니 추가 거래는 한계가 있는 법.

"결국은 여러 개의 작은 기업들을 찾아다닐 수밖에 없지요."

그건 부품의 단가 상승을 불러올 수밖에 없다.

"그런데 그럴 필요가 있나요? 솔직히 그들에게 우리와 합류해 달라고 해도 해 줄 것 같지 않은데요."

성화에게 뜯겨 본 적도 없으니 별 감정이 없을 테고, 그러

니 자신들에게 합류해 달라고 한다고 한들 그들이 합류할 가
능성은 그다지 높지 않다.

"맞습니다. 그럴 가능성은 낮지요."

"그런데 왜 그들까지 찾아다녀야 합니까?"

"성화 역시 그들을 찾아갈 테니까요."

"응?"

"갈 곳이 있는 사람과 갈 곳이 없는 사람의 행동은 다른
법입니다."

"그게 무슨 말이죠?"

"말 그대로입니다. 성화는 어찌 되었건 전자 제품계에서
상당한 이름을 가지고 있습니다. 그런 성화가 왔으니 계약을
하고 싶어 하겠지요."

"그런데요?"

"그런데 만일 성화가 터무니없는 조건을 내민다면?"

"네?"

"만일 그들이 내민 조건이 자신들의 요구에 맞지 않는다면?"

"아!"

13팀 팀장은 탄성을 내질렀다. 자신들의 목적을 이제야
이해한 것이다.

"그들을 데리고 오는 게 아니라 그들의 콧대를 살려 주는
게 목적이군요."

"그렇습니다. 그러니 여러분은 최대한 비굴하게 그들에게

붙어야 합니다. 치사하지만요. 필요하다면 뇌물도 되고 룸살롱도 됩니다. 요구한다면 성 접대도 해 주셔도 됩니다. 이쪽이 철저하게 을이라는 느낌을 그들에게 각인시켜야 합니다. 그래서 그들이 성화에게 매이지 않도록 말입니다."

"헐."

현행법을 가뿐하게 위반하는 노형진의 말에 팀장들은 기가 막혔다.

"그만큼 중요한 일이니까요."

만일 이쪽에서 읍소를 하면서 와 달라고 한다면 그들은 기고만장할 것이다.

그들은 이미 거래하는 기업들이 있는 데다가 확실하게 형태도 안 잡혀 있는 이곳에 올 이유도 없다.

성화 계열사들이 뭉쳐서 만든 일종의 조합 같은 형태인데, 자신들은 성화 출신도 아니니 말이다.

"그 후에 성화에서 간다면 어떻게 될까요?"

성화의 사람들은 자신들이 그들보다 훨씬 갑이라고 생각할 게 뻔하다.

더군다나 자신들의 이익률을 지키기 위해 최저 단가를 요구할 건 확실한 일.

"하지만 이쪽에서 이미 더 높은 조건을 요구했지요."

당연히 눈에 들어올 리 없다.

더군다나 자세 자체부터가, 성화는 고압적일 게 뻔하고 이쪽은 저자세로 나간다. 사람의 심리는 원래 간신에게 기대는 법.

"하더라도 절대로 낮은 조건으로는 안 해 주겠네요."

팀장은 히죽 웃었다.

그런 경우 대부분의 거래는 파토가 난다.

성화가 다급하니 일단은 해 준다고 해도 그 가격은 절대로 낮아지지 않을 것이다. 그들도 믿는 구석이 있으니까.

"성화가 받는 데 성공한다고 해도 수익률은 낮아지겠지요."

당연히 가격을 낮추는 현재 전략을 쓸 수는 없다.

"일이 재미있어지는군요."

성화가 나갈 길까지 틀어막는 노형진을 보면서, 다들 이제 벌어질 일에 대해 잔뜩 기대감을 가지기 시작했다.

"전자연합?"

"네, 저희 대룡에서 이번에 새로이 시작한 사업입니다."

"하지만 대룡은 이미 전자 시장에 진출한 것으로 알고 있는데요?"

강원도에 있는 조용한 커피숍.

그곳에서 몇몇 사람이 노형진과 대룡의 사람들을 만나고 있었다.

그들이 이곳까지 온 건 사장들이 성화에게 발각될까 두려워했기 때문이다. 대룡과 대화를 했다는 것이 발각되는 순간 계약은 파토가 날 테니까.

그래서 성화에서 전혀 모르는 곳을 골랐는데 그 장소가 바로 이곳이었다.

"압니다. 하지만 성화전자는 그다지 규모가 크지 않지요."

"음…… 그건 이해합니다."

대기업치고는 진출한 시장이 작다.

일단 텔레비전도 없고, 백색 가전이라고 하는 주방도 없다. 이제야 청소기와 세탁기 그리고 에어컨 정도.

그나마 유일하게 수익을 내는 것은 핸드폰뿐이다.

"그러니까 저희는 생각을 바꾼 겁니다. 우리가 무리해서 시시장을 집어삼킬 이유가 없다, 기존 업체들과 상생을 하자."

"그래서 우리와 일하자 이겁니까?"

"네, 여러분은 단순히 하청이 아닙니다. 반대로 여러분이 저희에게 하청을 주는 형태가 됩니다."

"천하의 대룡이 하청을 받는다? 무슨 말장난하는 겁니까?"

"말장난이 아니지요."

노형진은 씩 웃었다.

"여러분이 제공하는 부품은 대부분 성화의 냉장고를 만드는 데 들어가죠. 안 그런가요?"

"그렇지요."

"그러면 성화에서 만드는 건 뭐죠?"

"그거야……."

냉장고의 냉매 순환 기술은 비밀이라고 할 것도 없는 흔해 빠진 기술이다.

문제는 그걸 어떻게 통제하느냐는 것.

여러 가지 기능이 들어가는 현대 냉장고에서는 그걸 통제할 수 있어야 제대로 된 맛이 난다.

가령 똑같은 냉장고라고 해도 어떻게 통제하느냐에 따라 김치냉장고가 되고, 거기서 또다시 과일 저장 모드나 김장 김치 모드 등이 분류된다.

"그리고 여러분에게는 그런 시스템을 만들 기술력이 없지요."

"음……."

"크흠……."

사장들은 왠지 불편한 얼굴이 되었지만 부정하지는 못했다. 맞는 말이기 때문이다.

"그래서요? 우리가 대룡에 공급하고 우리는 하청을 받아라 이건가요? 그게 우리에게 무슨 의미가 있지요?"

누군가 피식하고 비웃음을 날렸다. 아무래도 그는 노형진의 말을 제대로 이해하지 못한 모양이었다.

노형진은 그를 위해서, 그리고 다른 사람들을 위해 차분하게 설명했다.

"저희가 하청을 드리는 게 아니라 저희가 하청을 받는 겁니다."

"그게 말이 되느냐고요! 대룡인데 대룡이 하청을 받는다?"

"하청이라는 말이 변질되어서 그렇지, 엄밀하게 말하면 하청이라는 것은 갑과 을을 나누는 단어가 아닙니다. 누가 누군가에게 돈을 주고 일을 부탁하는 게 하청이지요."

"그런데요?"

"대룡은 그런 시스템을 개발하고 공급할 능력이 됩니다. 그리고 여러분은 그게 들어갈 하드웨어, 즉 냉장고를 제작할 능력이 되지요."

"그러니까 우리가 냉장고를 만들어서 공급하라 이건가요?"

"그렇습니다."

"말도 안 되는 소리!"

"말도 안 된다고 생각하십니까?"

노형진은 피식하고 웃었다.

물론 그들의 말이 반은 맞다. 틀린 말은 아니다.

다만 그걸 깨부수는 데 익숙하지 않을 뿐.

"생각해 보시오! 누가 우리가 하청을 준다는 걸 믿는단 말이오? 그것도 다른 곳도 아니고 대룡에? 설사 준다고 한들 그걸 어디다 팔고?"

"판매 라인은 이미 대룡이 가지고 있지요."

"결국 달라지는 게 없지 않소? 우리가 만들어서 납품하고 판매는 다른 사람이 하고……!"

"달라지는 건 있습니다. 여러분이 직접 만들어서 팔게 되겠지요."

"직접?"

"네, 그리고 당연히 제품의 가격은 하락할 테고요."

"하락이라?"

"그렇습니다."

성화의 물건이 잘 팔리는 이유는 간단하다. 다름 아닌 대기업이라는 믿음 때문이었다.

한국에서 물건을 살 때 소비자들이 가장 많이 신경 쓰는 것은 A/S다.

중소기업이 기껏 완제품을 만들어도 잘 안 팔리는 것은 추후 A/S가 제대로 되지 않을 거라는 의심 때문이다.

"하지만 그 부분은 대룡이 책임질 겁니다."

"흠……."

대룡의 이름을 걸고 대룡에서 판매하며 대룡에서 서비스 센터를 지원한다. 그게 노형진의 기본적인 계획이었다.

"하지만 대룡은 제작자가 아니라 지원 업체죠. 말 그대로 여러분에게 하청을 받아서 서비스 센터를 운영하는 겁니다."

"그래서? 뭐가 달라지는데?"

"가격이 떨어지겠지요. 만일 성화라는 브랜드 타이틀을 떼어 낸다면 제품의 가격은 얼마나 떨어질까요?"

"그거야……."

사장들은 입을 다물고 머릿속으로 열심히 계산했다.

성화라는 타이틀은 상당한 가치를 지닌다. 그 때문에 성화라는 브랜드에서 나온 물건에 사람들은 더 비싼 값을 지불한다. 그럴 용의가 있기 때문이다.

"아마도…… 30퍼센트 이상."

성화는 최소한의 인원을 투입한 후에 완제품에서 무려 30퍼센트의 수익을 얻는다. 자신들이 판매 라인을 가지고 있기 때문이다.

"그걸 저희가 노리지 않는다면?"

"응?"

"여러분이 공급하는 재료를 조합하고 그 후에 저희가 하청해서 드린 시스템을 장착하게 되면 가격이 30퍼센트 이상 떨어질 수 있습니다. 그러면 과연 사람들이 그저 무시만 할까요?"

"흠……."

다들 침묵을 지켰다. 확실히 가능한 말이기 때문이다.

다른 곳에서 100만 원짜리인 똑같은 성능의 물건을 60~70만 원에 살 수 있다면 사람들은 무슨 생각을 할까?

"그리고 그 보증을 대룡에서 한다고 하면, 사람들은 뭐라고 할까요?"

"일단은 한번 써 보려고 하겠지."

사장은 인정할 수밖에 없었다.

그렇게 되면 성화에서 물건을 사던 사람들은 혹하게 된다.

충성도라는 것은 비슷하거나 그것 나름의 특징이 있어서 그걸 좋아할 때 생기는 거다. 그러나 이런 식으로 비슷한데 가격이 엄청 차이 나면 충성도가 개입될 여지가 적어진다.

"더군다나 기본적으로 하드웨어적인 부분은 성화와 똑같

습니다. 소프트웨어야 작동 방식은 달라도 기능은 똑같을 테고요."

대룡이야 수익 자체가 줄어들 것이다.

"도대체 왜 우리한테 그런 조건을 다는 거요?"

누가 봐도 자신들에게 유리한 조건이다. 그러니 그들은 도리어 의심스러울 수밖에 없었다.

"첫 번째 이유는 상생입니다."

"상생?"

"그렇습니다. 대룡은 상생을 모토로 기업을 운영합니다. 그걸 모르지는 않으실 텐데요?"

"그거야 알지."

상생을 목적으로 활동하는 대룡이라는 이름은 다른 사람들에게 놀라움을 주곤 했다. 그러니 모르지는 않는다.

"하지만 그것 때문에 노다지를 빼앗긴다? 말도 안 되지 않소?"

자신들에게 하청을 주고 그걸 팔면 더 많이 팔 수 있고 더 많은 수익을 낼 수 있다. 그런데 그걸 포기하다니.

그걸 그냥 상생이라고 볼 수는 없다.

상생은 함께 잘먹고 잘살자는 뜻이지, 내 이익을 포기한다는 뜻은 아니니까.

"뭐, 다른 목적이 있다는 걸 부정은 안 합니다."

"역시 성화와 대룡의……."

말을 흐리기는 하지만 대부분 이해는 하고 있었다.

두 집단의 싸움을 모르는 사람이 어디 있단 말인가?

경제 쪽에 몸 좀 담근 자들 중에서 그걸 모르는 자가 있다면 그는 아마도 무능의 극치일 것이다.

"끄응…… 이러다가 고래 싸움에 새우 등 터지는 게 아닌지."

"저희는 여러분을 새우 취급하려는 게 아닙니다. 도리어 고래 싸움에서 편들어 줄 고래로 만들어 드리고 싶은 거지요."

"아군을 만들겠다?"

"네."

"후우."

사장들은 머리를 부여잡았다.

'언젠가 이런 날이 올 거라 생각은 했지만……'

대룡가 성화가 싸운다는 소식에 자신들에게 어떤 식으로든 영향이 있을 거라는 것은 알고 있었다.

그러나 단순히 계약이 아니라, 아예 성화에서 나오라고 할 줄이야.

"솔직히 전…… 탐탁지 않습니다만……."

누군가 말했다. 그의 입장에서는 부담이 가득했다.

"만일 우리가 나가는 순간 성화는 우리를 죽이려고 할 겁니다. 우리처럼 작은 곳은 그런 걸 감당할 준비가 되어 있지 않습니다."

"그건 어디까지나 혼자서 나가려고 할 때의 이야기죠."

"혼자서……?"

노형진의 말을 이해 못 한 그는 고개를 갸웃했다.

그리고 구석에 있던 다른 사장은 불만스러운 표정으로 노형진을 바라보았다.

"성화에 대한 공격이라고 한다면 냉장고만 노릴 리 없지."

처음 말을 꺼낸 사장은 흠칫 떨었다.

생각해 보니 그렇다. 자신들에게 이야기할 정도면 다른 주요 부품 회사들 역시 같은 조건을 받아 들고 있을 것이다.

"여러분은 손해 보는 게 없을 텐데요? 한 가지만 묻겠습니다. 여러분 중에서 현재 손익분기점을 넘도록 돈을 받는 분 계십니까?"

서로 눈치를 볼 뿐, 아무도 손을 들지 못했다.

물론 일부 그런 곳도 있기는 하다. 하지만 현재 상황이 어떤지 모르는 바가 아니니 섣불리 말할 수는 없는 것이다.

'역시나.'

노형진은 자신의 예상대로라고 생각하자 미소를 지었다.

이들은 대부분 간신히 원가만 받거나 원가에 못 미치는 돈을 받는 상황인 것이다.

그렇다고 그만두자니, 섣불리 그럴 수도 없는 상황.

"그런 분들이 손해 보면서 버티는 이유는 하나뿐이지요. 시간을 끌면서 해결책을 만드는 것. 아닌가요?"

"……."

부정을 못 하는 사람들.

'자, 이제는 그럼 채찍을 써 볼까?'

자신들은 당근을 썼다. 하지만 당근만으로는 안 된다.

그러니 이쯤에서 채찍질도 필요한 법.

"저희 대룡에서는 그 기업을 살 겁니다."

"뭐라고?"

"그게 무슨 말이오?"

"아마 서로 아실 겁니다. 손해 보는 기업이 어디이며 또 판매하기 위해 매물로 내놓은 기업은 어디인지. 아닌가요?"

"그게 이번 일과 무슨 관계가 있다는 거요?"

"있지요. 현대는 기업과 기업, 개인과 개인이 부품처럼 엮여 있습니다. 만일 중간에 부품이 빠진다면 어떻게 될까요?"

"부품이 빠진다?"

"네. 그 매물로 나온 기업을 저희가 산다면 어떻게 될까요? 아마도 성화는 거래를 끊을 겁니다. 설사 안 끊어도, 대룡에서 거래를 끊어 버리겠지요. 그러면 여러분은……?"

다들 등골이 오싹했다. 노형진이 노린 게 뭔지 알아차린 것이다.

"이런 미친! 우리를 죽이겠다는 거요?"

"대룡과 성화는 전쟁 중입니다. 무고한 피해자는 최대한 줄여야 하지만 어쩔 수 없는 피해자라는 것도 존재하기 마련이니까요."

만일 그런 기업에서 더 이상 부품이 들어가지 않게 된다면? 당장 성화의 전 공정이 멈출 것이다.

그리고 그 말은, 자신들의 부품도 성화로 들어가지 못한다
는 뜻이다.

"당연히 그러면 돈도 받지 못하겠지요. 그러면 그분들은
적자를 버티면서 원가 이하로 다시 공급할 수 있게 될 시기
를 기다릴까요, 아니면 공장을 매물로 내놓을까요?"

"……."

악순환이다.

성화에서 공장이 멈췄다고 돈을 안 주면 누군가는 매물로
자기 회사를 내놓을 테고, 돈이 있는 대룡은 그걸 사서 다시
공급을 막을 것이다.

성화는 돈이 없어서 몰락하는 시점이니 그걸 구입할 돈이
없다.

결국 제품 생산이 짧아도 3개월, 길면 6개월까지도 미뤄질
수 있다.

"만일 6개월 후까지 미뤄진다면 여기서 버틸 수 있는 분들
은 얼마나 될까요?"

"악마 같은 새끼."

누군가 중얼거렸다.

"원래 좀 나쁜 놈입니다."

한 번에 돈이 확 나가는 것과 조금씩 나가는 것은 그 충격
량이 다르다.

당장 직원 백 명의 기업의 경우, 평균적으로 월급이 200만 원이라고 하면 월 2억의 고정금이 나간다. 그런데 6개월간 버티면 무려 12억이다.

'그리고 성화가 미치지 않고서야 그 돈을 줄 리 없지.'

준다 해도 성화가 정상화된 시점을 기준으로 줄 것이다.

현재 성화는 대부분의 기업에 자신들이 힘들다는 이유로 최저 금액을 제공하는 상황.

즉, 12억을 갚을 방법이 없다.

그렇다고 돈을 은행에서 빌린다?

매달 이자만 1천만 원이다. 적자가 난 상황에서 월 1천만 원씩의 로스는 엄청난 부담이 된다.

"아, 그리고 대룡이면 은행에 적당히 부탁을 할 수도 있지요."

"크흑."

말이 부탁이지, 압력이다. 저 기업에 돈을 주지 말라는 부탁.

그 정도면 대기업도 아니고 중소기업 정도는 대차게 말아먹게 할 수 있다.

성화가 과연 그에 대해 방어를 해 줄까?

'말도 안 되는 꿈이지.'

그런 작전을 방어하려면 성화가 돈을 주거나 대출을 부탁해야 하는데 전자의 경우에는 성화 자체가 돈이 없으니 불가능하고, 후자의 경우에는 싸움의 주도권이 이미 대룡에 넘어 갔으니 은행이 그들의 부탁을 들어줄 이유가 없다.

"크흑……."

주먹을 꽉 쥐는 사람들.

"참고로 말씀드리자면, 이미 두 분이 저희 쪽에 기업을 넘기기로 약속했습니다.

"뭐라고!"

"누구야! 어떤 새끼야!"

발끈하면서 일어나는 사람들.

서로가 서로를 노려보았지만 누군지 나올 리 없다.

'있을 리 없거든.'

사실은 기업을 넘긴다고 한 사람은 없다. 노형진이 뻥카를 친 것이다.

당장 공장을 멈추게 할 수 있다는 의미로 말이다.

"그러니 여러분은 선택하시면 됩니다. 자발적으로 나오셔서 스스로 일어나든가, 아니면 성화와 같이 몰락하시든가."

한꺼번에 몰아닥친 폭풍에 다들 정신을 못 차린 채로 멍하니 서로를 바라볼 뿐이었다.

⚖

"서진엔지니어링 사장이 자신의 주식 전부를 구매해 줄 수 있느냐는 의사를 전달해 왔습니다."

"서진이라……. 어떤 회사죠?"

노형진은 보고서를 뒤적거리면서 물었다.

"텔레비전의 부품을 만드는 회사입니다. 벽에 고정하는 고정 장치를 공급합니다."

"구입할 여력은?"

"충분합니다. 단가 자체가 그다지 비싼 건 아니지만요."

"흠……."

노형진은 기록을 살펴서 서진에 대한 정보를 찾아 올렸다.

딱히 기술력이 있는 것도 아니고 또 쉽게 대체할 수 있는 부품인지라 성화로부터 터무니없는 가격으로 단가 후려치기를 당하는 곳이었다.

"어떻게 아셨습니까?"

"어떤 거요?"

"기업들이 매물로 나올 걸 말입니다."

사실 협상할 때 이미 넘기기로 한 기업이 있다고 뻥카를 치기는 했지만 실제로 그런 곳은 없었다.

그러나 노형진은 생길 테니 걱정하지 말고 뻥카를 치라고 했다. 그리고 실제로 몇몇 기업들이 기업을 넘기겠다고 접근한 것이다.

"겁이 많은 사람들이 있기 마련이거든요."

"네?"

"기업을 지키는 데 있어서 배짱은 필수입니다. 하지만 이건 성화와 대룡의 싸움이지요. 이 싸움에 잘못 끼어들면 망하거나 성공하거나, 둘 중 하나일 수밖에 없습니다. 하지만 그런 심각한 갈등에서 이것도 저것도 못 하는 사람이 있기 마련이지요."

"그럼 그들이……?"

"네. 그들은 이 상황에서 서로 충돌하기보다는 차라리 자신이 손을 털고 나가는 쪽을 선택할 겁니다. 그러면 어느 정도 돈은 건져서 나올 수 있으니까요. 하지만 성화에서 기업을 사 줄 리는 없죠."

"남은 건 우리군요."

노형진은 고개를 끄덕거렸다.

"우리죠."

서진은 규모가 얼마 되지 않는 곳이다. 회사의 규모를 생각하면 잘해 봐야 30억 정도 돈이 들어간다. 대룡에서 구입하지 못할 정도는 아니다.

하지만 문제가 없는 건 아니다.

"그렇지만 그런 곳을 다 사 줄 수 있는 건 아닌데요?"

"압니다. 하청기업이 한두 곳도 아니고, 그걸 다 사 줄 정도의 재력이 대룡에 있다면 싸움은 이미 끝났을 겁니다."

"그러면?"

"흔들기죠."

"흔들기?"

"네. 저들에게 우리는 이미 몇몇 기업들이 회사를 넘기기

로 했다고 했습니다. 그러니 그들은 그 기업을 찾으려고 혈
안이 되어 있을 겁니다. 그 상황에서 진짜로 거래가 이루어
진다면?"

"내분이군요."

"네."

노형진은 고개를 끄덕거렸다.

그때에는 뻥카를 쳤지만, 진짜 거래된 기업이 발생하면 그
때는 뻥카가 아니다.

당연히 성화뿐만 아니라 거래하는 하청기업들도 그 당시
발언에 대해 심각하게 생각하게 될 것이다. 기업을 구매해서
공장 가동을 멈추는 것은 불가능한 일은 아니니까.

파업이 발생해서 공장이 가동을 멈추는 경우는 자주 있었다.

"현실이라고 생각하는 순간, 그들은 흔들리게 될 겁니다."

그리고 그때가 기회가 될 것이다.

⚖️

쾅!

박살 난 명패. 그리고 고개를 못 펴는 사람들.

성화전자의 김두필은 분노로 제정신이 아니었다.

지금까지와는 비교도 할 수 없을 정도로 분노한 그 때문에
다들 찍소리도 하지 못했다.

"그래서 텔레비전의 공급이 멈췄다?"

"멈췄다기보다는…… 벽걸이 서비스를 하지 못해서 탁상
에 놓는 판매만……."

"장난해? 요즘 벽걸이가 대세인 거 몰라!"

이사는 고개를 다시 팍 숙였다.

"그리고! 이제야 정보가 들어와? 더군다나 이미 협상 중인
곳이 여덟 군데가 넘는다며! 그게 넘어가면 무슨 일이 터지
는지 몰라!"

"저희가 확인한 바로는, 대룡에 기업을 넘기려고 하는 곳
은 없다고……."

"야, 이 멍청한 새끼들아! 거래가 어떻게 될지도 모르는데
잘도 '대룡과 협상 중입니다.'라고 말하겠다!"

버럭버럭 화를 내는 김두필.

하지만 화를 낸다고 해서 현 상황을 해결할 수 있는 건 아
니었다.

"도대체 어떤 새끼들이야!"

"저희도 잘 모르겠습니다. 서진 쪽도 전혀 예상하지 못하
고 있다가……."

"빌어먹을 새끼들."

노형진의 함정이라고는 생각도 못 한 김두필은 분노로 눈
이 뒤집히는 느낌이었다.

"후우, 후우. 서진을 대체할 수 있는 곳은 알아봤어?"

"네. 김 부장이 이미 접촉 중입니다."

"최대한 빨리 공급 재개하라고 해. 그리고 어떤 놈의 자식인지 모르지만, 어떻게 해서든 협상 중인 새끼들 찾아서 다 골라내. 대체할 준비 하고."

"네."

"대룡 이 자식들……. 이런 식으로 나온다 이거지. 내가 그렇게 쉽게 무너질 것 같으냐."

그는 이를 박박 갈면서 분노를 집어삼켰다.

하지만 그가 분노한다고 해서 세상이 바뀌는 것은 없다. 도리어 세상이 바뀌지 않아서 그들은 위기로 몰리고 있었다.

"얼마요?"

서진이 빠져나가자 그들과 거래할 수 있는 다른 기업으로 선택된 공장은 태화엔지니어링이라는 곳이었다.

그리고 그 사장은 성화의 부장이라는 작자에게서 개소리를 듣고 있었다.

"개당 3,500원에 납품해 주셨으면 합니다."

"개당 3,500원요?"

"네. 성화와 거래를 틀 수 있는 좋은 기회입니다."

'이 새끼들이 미쳤나?'

태화의 사장은 기가 막혔다.

그럴 수밖에 없는 게, 자신이 공돌이 밥만 수십 년을 먹은 사람이다. 대충 들어 봐도 견적이 나오는데, 텔레비전의 하중을 버틸 수 있는 고정 장치를 만드는 것은 절대 3,500원으로 안 된다.

못해도 4,500원. 적정한 가격은 5천 원은 되어야 한다.

"무리인데요."

"뭐라고요?"

성화의 부장은 자신의 귀를 의심했다.

고작 코딱지만 한 곳의 사장이 자신들의 요구를 거부한 것이다.

"못해도 5천 원은 주셔야 합니다."

"지금 그걸 말이라고 하는 겁니까! 그딴 걸 누가 5천 원이나 주고 산단 말입니까?"

"그딴 거?"

코웃음을 쳤다.

그딴 것일 수도 있다. 그러나 그 그딴 것의 가격은 생각보다 세다.

"당신들이 말하는 그딴 걸 5,500원으로 이야기한 곳도 있습니다만."

"뭔 개소리요? 그딴 걸 누가 그 돈을 주고 받아 가요?"

"이미 이야기 끝났습니다."

대룡과 성화의 관계를 알기 때문에 말하진 않았지만 이미 마음은 대룡 쪽으로 기울고 있는 사장.

'장난하나?'

대롱은 자신들과 거래를 터 달라고 읍소하고 무려 열흘 동안 와서 부탁했다. 심지어 거래가도 후하게 5,500원을 제시하고, 자신을 데리고 접대라는 것도 했다.

접대를 하기만 했지 받아 본 적은 없는 그에게는 참으로 신세계였다.

'그런데 3,500원?'

그건 딱 원가 수준이다.

자신이 전혀 이익을 남길 수 없는, 직원들 보너스까지 감안하면 마이너스인 가격이다.

"그렇게는 거래 못 합니다."

"거래를 해서 질이 좋으면 양을 늘려 드리면 되지 않습니까?"

코웃음을 치는 사장.

개당 단가가 낮아서, 팔수록 손해다. 추가 주문을 한다는 것은 자기 적자가 더 늘어난다는 뜻인데 누가 받아 주겠나?

이미 거래가 묶여 있다면 모를까, 그런 거래를 하는 곳은 없다.

'그리고 내가 병신인 줄 아나?'

이렇게 한번 들어간 후에는 다른 기업과 거래를 못 하게 만든다. 그래서 성화가 아니면 못 살게 만든 후 야금야금 가격을 깎는 그들의 방식을 못 들었을 리 없다.

'길이 아니라면 가지를 말라고 했지.'

딱 봐도 성화와 거래하는 것은 좋은 선택이 아니었다.

"아무래도 이 거래 이야기는 더 이상 못 할 것 같군요."

"뭐라고요?"

"개당 5천 원 이상 해 주지 않으면 저희는 거래를 못 합니다. 죄송합니다."

"이런 미친. 우리가 누군지 알고! 우리 성화야, 성화! 어디 코딱지만 한 곳을 운영하는 새끼가 감히 거래를 거절해?"

"코딱지? 이 새끼가 미쳤나? 꺼져! 절대 성화랑 거래할 생각 없으니까!"

버럭버럭 화를 내는 사장과 부장.

부장을 데리고 협상하러 온 과장은 부장을 말리면서도 속으로 똥줄이 타고 있었다.

'아, 씨발…… 망했다…….'

⚖

"역시나."

히죽 웃는 노형진.

자신의 예상대로 성화는 서진을 대체할 수 있는 곳을 찾기 시작했다. 당연히 대부분의 기업들은 터무니없는 가격 후려치기에 들은 척도 하지 않았고 말이다.

"하지만 텔레비전이 나가는 데에는 지장이 없던데요?"

"재고가 있으니까요."

일반적으로 기업들은 파업이나 천재지변에 대비하여 대략 보름치 정도의 재고를 가지고 있다. 그러니 현재 출고에는 지장이 없다.

그러나 시간이 길어지면 문제가 생길 수밖에.

"다른 거래는 어떻게 되어 갑니까?"

"적당한 기업을 선정 중입니다. 비싼 기업은 빼고요."

"그래야지요. 중요한 건 우리가 실제로 구입하고 있다는 생각을 하게 만들어 주는 것입니다."

아무리 대룡이라고 해도 수백억짜리 기업을 척척 살 수는 없다. 하지만 수십억짜리 작은 기업은 살 수 있다.

그리고 그런 거래를 하는 것만으로도 성화의 분노를 자극할 수 있다.

"자, 그러면 다음 단계로 가 볼까요?"

"다음 단계라 하면?"

"현재 넘어오는 기업들은 대부분 주요 기업이 아니지요?"

"그렇지요."

주요 기업, 즉 쉽게 대체할 수 없는 부품을 공급하는 곳들은 대룡과 접촉하지 않았다.

그럴 수밖에 없다. 그들은 중요도상 이런 단가 후려치기의 대상이 되지는 않으니까.

"그들을 뒤흔들 시점입니다."

"그들을 말입니까?"

직원들은 고개를 갸웃했다.

그들은 성화와 한 몸이다. 그런데 뒤흔들 수 있을 리 없지 않은가?

"그들이라고 해서 모르는 바 아니거든요. 어떻게 보면 수십억 들여서 대체 가능한 기업들을 산 이유도 이번 작전을 위해서라고 할 수 있겠네요."

"네?"

수십억짜리 거래가 사전 작전이라는 말에 직원들은 핼쑥해졌다.

"상대는 성화의 최후의 보루라고 할 수 있는 성화전자입니다. 이렇게 하지 않으면 방법이 없지요. 그렇게 쉽게 나가떨어질 녀석들이 아닙니다."

"그렇지만……."

"이미 대표님의 승인을 얻은 작전입니다."

"알겠습니다. 그러면 어떻게 해야 하나요?"

"일단은……."

노형진은 자신의 가방을 뒤져서 길게 적혀 있는 명단을 꺼내 들었다.

거기에는 사람의 이름과 은행 이름 그리고 계좌 번호가 적혀 있었는데, 대략 열 명쯤 되었다.

"일단은 이곳으로 10억씩 보냅시다."

"10억요? 그러면 100억인데요?"

"어차피 찾아올 돈입니다. 뭐, 잠깐은 쪼들리겠지만요."

"이게 꼭 필요한 겁니까?"

"네, 필요한 겁니다."

노형진은 히죽 웃었다.

세성문은 성화에서 자신을 부르자 황급하게 들어갔다.

그럴 수밖에 없는 게, 그가 한 기업의 사장이라고 하지만 성화에서 그 기업을 빼앗아서 자신을 사장으로 앉힌 것이기 때문이다.

자신이 이사로서 퇴진하자 돈이 되는 자리를 차지한 것이다.

그렇기 때문에 말이 다른 기업이지 계열사나 마찬가지.

그래서 본사에서 부르자 다급하게 뛰어갔다.

그런데 그가 사장실에 들어가는 순간 날아온 것은 김두필의 주먹이었다.

"컥."

얼굴을 부여잡고 쓰러지는 세성문.

그러나 김두필의 폭력은 멈추지 않았다.

"이 개새끼! 키워 줬더니 주인을 물어?"

"사…… 사장님, 전 모릅니다! 전 몰라요! 컥컥…….'"

하지만 폭행은 멈추지 않았다.

결국 쓰러진 세성문을 때리는 것으로 만족하지 못한 김두필은 전화로 비서를 불러들였다. 그리고 손가락으로 세성문을 가리켰다.

"세워."

"네?"

피투성이가 된 세성문을 보고 당황하는 비서들.

"세우라고, 이 새끼들아! 세워서 꽉 잡아!"

"사장님……."

"너희도 죽고 싶어!"

어쩔 수 없이 세성문을 잡아 일으키는 비서들.

김두필은 서랍에서 가죽 장갑을 꺼내어 끼고는 세성문의 복부를 후려쳤다.

"커헉!"

속이 뒤집히는 충격.

그러나 충격은 한 번으로 멈추지 않았다. 그다음으로 주먹이 날아온 곳은 얼굴이었던 것이다.

퍼억 소리와 함께 느껴지는 강렬한 충격.

그리고 흐려지는 시선 너머로 날아가는, 피가 덕지덕지 묻어 있는 하얀 무언가.

'이…….'

세성문은 직감적으로 그게 자신의 이빨이라는 것을 알아차렸다.

하지만 저항할 수가 없었다.

구타는 계속되었고, 무려 30분이 지나고 나서야 그는 바닥에 다시 쓰러질 수 있었다.

"끄륵⋯⋯."

"이 새끼야! 감히 내 뒤에 칼을 꽂아?"

길길이 날뛰는 김두필.

세성문은 그 말이 이해가 가지 않았다. 자신이 무슨 잘못을 했다고 이렇게 두들겨 맞아야 한단 말인가?

"어굴함미다⋯⋯."

이가 나가고 불어 터진 얼굴로 억울함을 토로하는 세성문.

그런 세성문의 눈앞에 김두필은 뭔가를 들이밀었다.

"억울? 억울? 이 새끼야, 뭐가 억울한데? 이거 보여? 응? 대룡에서 너한테 준 10억! 이게 왜 나온 건데?"

'10억?'

세성문은 기가 막혔다.

10억이라니, 자신은 전혀 알지도 못하는 돈이다.

"전 몰라요⋯⋯."

"모르기는 뭘 몰라! 계약금이잖아! 아니야?"

바닥에 쓰러진 세성문의 얼굴을 다시 차는 김두필.

결국 그 충격을 이기지 못하고 세성문은 기절했다.

하지만 김두필은 그런 그를 쳐다보지도 않았다.

"이번에 걸린 새끼들, 모조리 거래 끊어!"

"네? 하지만 사장님, 그러면 부품 공급이……. 이번에 걸린 곳들은 필수 부품이라……."

"크윽…… 빌어먹을!"

김두필은 분노해서 구석에 있던 골프채로 집기를 마구 때려 부수기 시작했다.

"으아!"

분노에 찬 김두필의 목소리가 사방으로 울려 퍼졌다.

⚖️

"진짜 화났나 보군."

아무리 감춘다고 해도 감춰질 수 없는 게 있다.

세성문이 누군가에게 맞아서 입원했다는 소리는 사방으로 퍼졌다. 그가 입을 열지 않아서 누군지 수사를 할 수는 없었지만, 알 사람은 이미 다 알았다.

"세성문이면 충성파로 소문이 난 사람이니까요."

"그렇지."

그런 그가 배신을 했다고 하니 분노할 수밖에 없다.

김두필이 주먹을 잘 쓰는 편은 아니지만, 그렇다고 올바른 타입도 아니다.

도리어 아버지 김일성을 가장 닮은 타입이라고 했다.

그래서 후계자 1순위에 올라갔던 것이고 말이다.

그렇다면 그 성격도 닮았다는 뜻인데, 애초에 김일성은 폭력을 써서 자리를 만든 사람이다.

"아마도 10억을 받은 기업에 대해서는 온갖 불이익이 다 갈 겁니다."

"우리는 그냥 잘못 입금한 거라고 하면 그만이니까."

히죽거리면서 웃는 유민택.

"그렇지요. 하지만 10억이나 되는 돈을 잘못 입금하는 경우는 드물죠. 그것도 열 군데에나 말입니다."

당연히 성화에서는 그들이 대룡과 모종의 거래가 있다고 의심할 수밖에 없다.

"불이익을 받게 된 곳에서는 과연 뭐라고 할까요?"

"억울하겠지."

그리고 그들의 사이는 점점 더 멀어질 것이다.

간단한 이간책이다.

돈이야 잘못 입금된 것이니 돌려받으면 그만이다. 그걸 가지고 무슨 법적인 책임을 물을 수 있는 것도 아니니.

"자네 계획이 제대로 맞아떨어지는군. 몇몇 업체들이 이탈을 결정했다고 하더군. 필수 업체들은 아직 없지만, 이렇게 사이가 틀어지면 필수 부품을 납품하는 곳도 넘어오기까지 얼마 남지 않았을 거야."

유민택은 흡족한 얼굴이 되었다.

"아직 게임은 시작도 안 했습니다."

"뭐?"

"제가 소개시켜 드릴 곳이 몇 군데 있습니다."

"누군데?"

"하청기업들이지요."

"그들과 협상하고 있지 않나?"

그들과의 협상은 계속되고 있다. 그러니 그들을 딱히 만날 이유는 없다.

그러나 노형진이 그냥 심심해서 만나라는 게 아니었다.

"성화의 하청이 아니라 하청의 하청, 즉 재하청을 하는 곳입니다."

"하청의 하청?"

"네."

원래 하청을 받은 기업에서 물품을 제작해서 공급하는 것이 정상이다. 그러나 그렇지 않은 경우도 많다.

대기업들은 이름뿐인 하청기업에 하청을 주고, 그곳이 다시 재하청을 주는 경우도 상당히 많다.

당연히 1차 하청 업체는 대기업과 관련된 자이거나 이사, 또는 부장 출신이 세운 곳들이다.

"이런 곳들의 문제가 뭔지 압니까?"

"모를 리가 있나."

유민택은 부끄럽다는 듯 고개를 끄덕거렸다.

사실 얼마 전까지만 해도 대룡 역시 그런 식으로 운영했다.

하지만 이제는 그런 자들을 가차없이 쳐 내고 그 대신에 단가를 올려서 질 좋은 제품을 받아 오는 쪽으로 바뀌었다.

"그중 하나가 바로 어음이지요."

"그런데?"

"제가 모은 게 있습니다."

가방을 꺼내서 들이미는 노형진.

그 안에서는 상당한 양의 어음이 나왔다.

"이건……?"

"그런 1차 하청 업체들이 발급한 어음입니다."

"그런데?"

"2차 하청 업체들을 만나서 설득했지요, 우리에게 어음을 팔라고."

"그게 무슨 의미가 있다는 건가?"

"어음이라는 것은 채권이지요. 채권을 발행한다는 건, 돈이 없다는 뜻입니다."

"그렇겠지."

"그런데 진짜로 돈이 없을까요?"

"그런 경우는 드물지."

기업들이 대기업의 하청을 받으려고 노력하는 이유는 간단하다.

믿을 만하니까. 그리고 확실하게 돈을 받을 수 있으니까.

그러니까 대기업 하청에 들어가려고 하는 것이다.

즉, 1차 하청 업체들은 돈을 바로바로 받는다는 뜻이다.

"그런데 1차 하청 업체들이 부도를 맞는 경우가 많지요."

"삘 짓을 하니까."

대기업에서 돈을 주면 1차 업체는 그 돈을 재하청 업체에 분배해야 한다.

그런데 인간의 욕심이라는 것은 끝이 없다.

많은 1차 업체들이 줘야 하는 돈을 어음으로 지급한다. 나중에 주겠다는 뜻이다.

그리고 그 돈을 쥐고 이자를 독식한다.

1차 하청 업체면 그 돈이 수십억이고 시간이 길어지면 100억 단위가 넘어가는데, 그러면 이율 2퍼센트만 잡아도 연 2억이 그냥 생기니까.

사실 그런 놈들은 그래도 상당히 양심적인 편이고, 대부분의 경우 그 돈으로 투자를 한다거나 삘 짓을 한다.

그래서 원청 업체는 돈을 다 줬는데 1차 업체가 부도 나서 2차, 3차 하청 업체가 연쇄 부도 나는 경우가 많다.

"그리고 이 어음을 발행한 곳은 성화의 1차 업체 중에서도 상당히 문제가 많은 곳들입니다."

"그런데?"

"그들을 무너트리는 거죠. 기본적으로 대기업들의 방법 아시죠?"

"그렇지."

이런 식으로 부도가 나면 대기업은 법적으로 아무런 책임이 없다. 그래서 2차, 3차가 돈을 달라고 해도 그들은 책임을 지지 않는다.

조금만 생각해 보면 1차 업체를 빼고 2차, 3차 업체와 직거래를 하면 단가를 낮추고 물건 가격을 낮출 수 있다. 그럼에도 불구하고 직거래를 안 하고 명목상의 1차 업체를 두는 이유는 두 가지 목적 때문이다.

첫째, 책임을 지지 않기 위해서.

두 번째, 이사 출신 같은 관련된 자들에게 혜택을 주기 위해서.

"그러니 그들에게 엿을 좀 먹이는 거지요."

"엿이라······."

"이걸 가지고 갔을 때, 그들이 돈이 있을까요?"

노형진은 히죽 웃었다.

"돈이 있다면 제가 장을 지지도록 하지요."

"이런."

"왜 그러십니까?"

노형진의 말에 약간 당황하는 유민택.

"나도 거기에 걸 건데? 그럼 내기가 성립 안 되지 않나?"

두 사람은 서로를 보면서 씩 웃었다.

이것도 어음 끊어 보시지

사운은 성화의 1차 하청 업체다.

즉, 하청받은 일을 다른 업체들에 다시 하청해 주고 그 중간에서 이익을 챙기는 곳.

사실 실질적으로 성화의 일을 하고 있다고 보기에는 다소 문제가 있는 곳이다.

그런데 그런 그곳에 날벼락이 떨어졌다.

"어음에 대한 변제를 해 주시지요."

자신을 찾아온 변호사.

그들은 자신이 발행한 어음을 내밀면서 돈을 요구했다.

물론 갚아야 하는 돈이다. 하지만 왜 엉뚱한 사람들이 가지고 왔단 말인가?

"당신들이 뭔데?"

"보다시피 변호사입니다. 그리고 이 어음은 여러분이 끊어 준 어음이고요."

그건 확실하다. 자신들에게 일을 받아 가는 곳에 지급한 어음이다.

"그래서?"

"그래서가 아니라, 그러니까 변제를 해 달라는 뜻입니다."

"음⋯⋯."

사운의 사장은 눈을 찡그렸다.

"얼만데?"

"일단 15억입니다."

"일단?"

"변제해 주셔야겠는데요?"

"끄응."

사운의 사장은 약간 곤란하다는 표정을 지었다.

"나중에 줄게."

"안 됩니다. 저희도 먹고살아야지요."

"거참, 나중에 준다니까."

"안 된다니까요."

"알았다고, 알았어! 어음 끊어 주면 되잖아!"

적반하장이라고, 버럭 화를 내는 사장.

노형진은 그런 그를 보면서 혀를 끌끌 찼다.

'내 이럴 줄 알았다.'

그나마 돈을 쥐고 이자 놀이 하는 놈들은 착한 놈들이다. 비상시 돈을 지급할 수 있으니까.

그러나 그 돈으로 다른 짓을 하는 놈들, 즉 이런 놈들이 악질이다.

이런 놈들은 어음을 갚아 달라고 가면 다른 어음으로 또 막아 버린다. 일거리를 주는 갑의 위치에 있으니 막 대하는 것이다.

채권을 갚기 위해 채권을 재발행하면서 무제한으로 기한 연장을 하는 셈이다.

결국 돈이 없는 재하청 업체는 어음할인을 한다.

어음할인이란 돈을 확보하기 위해 어음을 표시가보다 낮게 파는 것을 말한다.

20퍼센트 정도 싸게 파는 것이 보통이다.

즉, 10억짜리 일을 하고 어음으로 끊으면 자금을 확보하기 위해 8억에 파는 것이다.

문제는 이런 경우 필연적으로 적자가 날 수밖에 없다는 것.

'그러니까 거기서 너희 엿 먹인다고 하니까 그렇게 적극적으로 나서지.'

노형진은 재하청 업체에 접근해서 하청 없이 바로 조합에 끼어서 부품을 납품하라고 했다.

그쪽은 수익률이 최소 30퍼센트 이상 뛴다는 말에 당장 동의했고, 그 후에 쌓여 있던 어음을 모조리 대룡에 넘겼다.

"일단 어음 끊어 줄 테니까 나중에 오라고."

대수롭지도 않게 말하는 사장.

매번 이런 식으로 했어도 누구도 찍소리 못 하는 것을 알고 있기 때문이다.

그러나 이번에는 상대가 좋지 못했다.

"어음 안 받습니다."

"뭐?"

"어음 안 받는다고요. 당신들이 발행하는 어음을 뭘 믿고요?"

"이 새끼들이 미쳤나? 너희 일거리 받기 싫어?"

재어음을 거부하려고 할 때 이렇게 압력을 가하면 대부분 어쩔 수 없이 물러난다. 그게 현실이다.

이전이라면 이 작전이 먹혔을 것이다. 하지만 재차 말하거니와, 상대방이 좋지 않았다.

"저희는 당신네들한테 일거리 받을 거 없는데요?"

"뭐라고? 너희 회사 사람 아니야? 어, 거참. 어음할인 업체야? 그래서 얼만데?"

어음할인 업체면 어쩔 수 없다. 그럼 조금이라도 갚아 주면 된다.

"아까 말씀드렸다시피 일단 15억입니다."

"일단 3억 줄게. 나머지는 어음으로 해 주고. 알지?"

히죽 웃는 사장.

그러나 그건 노형진에게 이빨도 안 먹혀들어 가는 소리였다.

"일단 15억이라는 뜻을 이해 못 하시는 모양이군요. 이번 주에 15억이고 다음 주에는 10억, 다다음 주에는 8억 그리고 한 달 후에 7억입니다만?"

멍하니 노형진을 바라보던 사장은 화를 버럭 냈다.

"뭐 어쩌자는 거야? 막나가자는 거야, 뭐야!"

"막나가자는 거지요."

"뭐야? 신생 업체야, 뭐야? 눈치가 왜 이리 없어? 우리가 부도 처리라도 해야 정신 차릴 거야, 뭐야?"

부도 처리는 상당히 골치 아픈 일이다.

그럴 수밖에 없는 게, 할인된 어음을 산 채권 업체도 상대방이 부도 나면 돈이 날아가기 때문이다.

그래서 보통 말미를 주기 마련이다. 그걸 믿고 그는 그러는 것이고.

"네, 그러세요."

"뭐라고?"

"우리는 할인 업체가 아닙니다. 우리는 대룡이지요."

"대룡!"

대룡이라는 말에 정신이 번쩍 드는 사장.

성화에 있다가 나와서 이곳을 차리고 중간에서 돈을 뜯어먹었으니 대룡에 대해 모를 리 없다.

"당신이 부도를 내면 자재 공급 라인은 박살이 나겠지요.

당신뿐만 아니라 총 열두 군데가 비슷한 상황이던데……."

"큭."

"그러면 성화에서 무슨 소리를 할까요?"

"이 개자식!"

열두 군데나 부도가 나면 일이 심각해진다.

단순히 손해의 문제가 아니라, 성화에 자재 자체가 납품이 안 된다.

"부도내기 싫으시면 돈 주세요."

그는 얼굴이 사색이 될 수밖에 없었다.

"대룡 이 자식들이……."

김두필은 손이 하얀색으로 변할 정도로 주먹을 꽉 쥐었다.

설마 1차 하청 업체들을 직접 공격할 거라고는 생각하지 못한 것이다.

말이 1차 하청이지, 사실상 여기서 사람을 보낸 계열사나 마찬가지였기 때문에 그들의 부도는 타격이 클 수밖에 없다.

"총 열두 군데에 현재 어음 및 할인어음에 대한 지급 요구가 들어왔습니다. 그중에서 두 군데를 제외하고 나머지는 변제할 방법이 없다면서 지원을……."

"지원? 지원? 지금 그걸 말이라고 하는 건가? 우리가 준 돈은 다 어쩌고!"

"……."

당연히 자기들이 뺄 짓 하다가 까먹은 것이다.

자기 명의로 땅을 산다거나 주식 놀이를 한다거나 재벌 흉내를 내면서 투자한다거나…….

"만일 변제를 못 하면 그곳들은 부도가 납니다."

"망할 놈들. 그래서 변제해야 하는 돈이 얼만데?"

"283억입니다."

"얼마?"

"283억……."

김두필은 기가 막혀서 어이가 없었다.

그러면 한 기업당 평균 28억 이상 빈다는 소리다.

자신들은 돈을 다 줬는데 그렇게 비다니.

"도대체 우리가 준 돈은 다 어쩐 건데!"

"대부분은 현금이 아니라 고정자금으로 묶여 있다고 합니다. 매각을 위해 서둘러 내놨지만 제시간에 팔릴 가능성은 그다지……."

"이런 미친……."

주식은 마구 떨어지는 상황이라 적자고, 땅은 팔려고 내놓는다고 팔리는 게 아니다.

더군다나 이런 기업이 내놓는 땅은 작게 몇백 평으로 나가는 게 아니라 수만 평, 수억에서 수십억 부동산이다. 작자가 그렇게 쉽게 나오는 거래가 아닌 것이다.

제때 안 팔리면 경매로 넘어가 헐값으로 처분된다. 그러면 헐값이니 당연히 남는 게 없다.

"끄응……."

이건 전혀 생각하지 못한 방식이었기 때문에 김두필도 숨이 턱턱 막혀 올 정도였다.

거래 업체를 공격하는 건 그다지 어려운 일이 아니다. 그러나 대부분이 거래 업체는 바꾸면 그만이기 때문에 효과가 별로 없다.

그런데 하청 업체들의 이탈이 가속화되는 시점에서는 심각한 타격이었다.

그러나 보고는 점점 더 암울해질 뿐이었다.

"텔레비전과 세탁기의 라인이 멈췄습니다. 냉장고는 부품이 일주일 이내에 떨어질 예정이랍니다. 그리고 전국의 A/S 센터에서 재고가 부족하답니다. 수리할 부품도 없어서……."

치명적인 타격이 점차 성화를 물어뜯고 있었다.

'망할…… 어쩌지…….'

대룡이 중간 공급 업체를 모조리 없애 버리고 직거래로 바꾸고 어음 자체도 없애 버리기에 무슨 뻘 짓인가 했다.

돈을 벌 수 있는 가장 편하고 좋은 방법을 없애다니.

그런데 이런 식으로 당할 줄이야.

사실 1차 업체가 계열사는 아니고 그래서 법적으로 뭔 일이 터져도 성화의 책임이 아니지만, 반대로 말하면 그들이 사라지면 자신들이 2차, 3차 업체에 부품을 요구할 자격도 없어진다. 거래 업체는 자신들이 아니었으니까.

결국 자충수가 되어 버린 것이다.

"대체 기업을 찾아보고 있습니다만 대부분의 기업이 현재 요구 조건보다 최소 20퍼센트 이상을 요구하고 있습니다. 그 조건을 모두 충족시켜 줄 경우 현재 이익률 기준으로 45퍼센트가 감소할 것으로 보입니다."

"그리고?"

"만일 대룡의 계획대로 중소기업이 뭉쳐서 대체 기업을 만들 경우 우리와 동일한 성능의 물품을 내놓을 가능성이 아주 높습니다. 그러면 판매량이 상당히 떨어질 거라 생각됩니다."

당연한 일이다. 대체 기업이라고 하지만 결국 성화에 부품을 제공하던 하청 업체니까.

"디자인 소송이라든가 그런 건?"

"대룡이 이미 가전제품 디자인 팀을 가동했다고 합니다."

"그 노형진인가 뭔가 하는 놈의 작품이군."

디자인 소송에 대해 모를 리 없다.

그러니 노형진은 디자인을 비롯해서 소송이 걸릴 만한 부분은 대체할 수 있는 준비를 이미 시작한 상황.

대룡이 그 부분에 대해 하청을 받아서 공급할 예정이다.

"더 큰 문제는…… 특허입니다."

"특허?"

"특허 제품들이 우리 쪽에서 이탈하면 비슷한 기능을 하는 다른 걸 수입해야 합니다. 가격이 치솟을 수밖에 없습니다."

"크흑."

성화에서 냉장고를 만든다고 해서 모든 권한이 다 성화에 있는 건 아니다.

그 안에 들어가는 부품 중에서 중소기업의 특허가 있는 물건이 있으면 단가에 그 특허료까지 포함된다.

일반적으로는 빼앗으려고 하지만, 규모가 좀 있는 곳은 빼앗을 수가 없으니까 그냥 단가에 넣어 버리는 것이다.

그런 상황에서 그들이 나가 버리면 그 물건은 못 쓴다.

그렇다면 다른 나라의 부품을 가지고 와야 하는데, 그건 당연히 디자인 전체를 바꿔야 하는 이유가 된다.

더군다나 잘사는 나라일수록 과학기술이 발전한다.

이게 무슨 뜻이냐면, 비슷한 성능의 부품 특허를 가진 나라일 가능성이 제일 높은 곳은 미국과 일본, 독일 같은 선진국이라 당연히 특허료도 터무니없이 비싸다.

결국 자신들은 물건 가격을 높일 수밖에 없게 된다.

"해결책을 찾아봐. 일단 대체할 수 있는 기업에 대해 돈을 올려 주고."

"네?"

"어쩌겠어. 당장 우리가 물건을 못 만들면 성화에 돌이킬 수 없는 타격이 올 거야. 수익을 낮추더라도 돈을 확보해야 해."

혼이 나간 듯 중얼거리는 김두필.

그는 이렇게 참혹한 패배를 할 거라고는 생각도 못 했다.

"가격을 올려야 한다면 올려. 수입보다는 쌀 거 아냐. 그러니 일단은 구색을 맞춰 줘."

"하지만……."

"그리고 중국 진출 준비해."

"중국요?"

"그래."

이쪽에서 이런 식으로 나온다면 자신들은 단가를 낮추기 위해 중국으로 가면 그만이다.

"한국에서 안 하면 단가는 낮출 수 있어. 그러니 공장을 중국으로 옮기는 것도 진지하게 생각해 봐야지. 그리고 1차 업체들은…… 버려."

"버리라니요?"

"우리는 이미 돈을 다 줬어. 그런데 그 멍청한 녀석들이 제대로 관리하지 못해서 그런 거잖아? 그들을 버리고 2차, 3차랑 직거래를 해 버려. 중국으로 갈 때까지는 그렇게 해야지."

그는 이제 비어 버리는 돈을 채울 방법을 생각하면서 그렇게 말했다.

그러나 그게 그의 최악의 자충수였다.

"으으으."

소규한은 머리를 부여잡고 절망하고 있었다.

이리저리 해 봐도 무려 30억이나 빈다. 그걸 채워 넣으려면 땅이 팔려야 하는데, 대지 3만 평이나 되는 땅이 쉽게 팔릴 리 없다.

"젠장, 젠장……."

자신은 업무상 횡령으로 수사 중이고 기업은 부도를 피할 수 없다.

그리고 대룡과 다른 기업들은 자신을 죽이려고 달려들고 있다.

"씨발, 씨발……."

어떻게 해서든 살아 보려고 본사에 전화했지만 돌아온 대답은 알아서 하라는 차가운 말뿐.

"신이시여, 아니 악마시여. 제발 저 좀 구해 주세요. 제 영혼을 가져가셔도 좋으니 제발…… 흑흑흑."

망하게 되면 자신은 말 그대로 나락으로 떨어진다. 그러니 누구든 자신을 구해 준다면 영혼이라도 팔고 싶었다.

그런데 실제로 그런 그를 구해 주고자 하는 사람이 있었다.

"그 영혼은 제가 사고 싶군요."

누군가의 말에 고개를 돌려 보니 노형진이 미소를 지으며서 있었다.

"이 악마 자식."

"방금 악마를 부르지 않으셨나요? 제가 그래서 왔는데요."

선한 미소를 보이는 노형진.

그러나 소규한은 그런 노형진이 진짜로 악마로 보였다.

자신을 이렇게 만든 악마.

성화라는 거대한 기업을 흔들리게 만든 악마.

그 악마는 자신의 영혼을 노리고 있는 것 같았다.

"난⋯⋯."

"아까 영혼이라도 팔겠다고 하지 않으셨나요?"

"그, 그건⋯⋯."

차마 진짜 영혼을 팔겠다고는 말 못 하는 그를 보면서 노형진은 속으로 그를 비웃었다.

'당신의 영혼은 이미 악마에게 넘어간 것 같은데?'

그렇지 않다면 악마가 배임 행위를 한 것일 것이다.

그가 흥청망청 써 대고 어음 발행으로 시간을 끄는 동안에 무려 세 군데의 기업이 망했고, 백쉰 명의 실직자가 발생했으며, 그중 네 가족이 자살했다.

그런 짓거리를 한 영혼이라면 아마도 지옥행은 확정일 것이다.

'뭐, 당신의 썩어 빠진 영혼이 필요한 게 아니니까.'

노형진은 그의 영혼을 받고 싶은 생각이 없었다.

하지만 그에게 받을 다른 것이 있었다.

"영혼을 주기 싫으시다면 다른 걸 받도록 하지요."

"난 네놈에게 줄 게 없다. 꺼져."

"그래요? 제가 30억의 변제 기한을 늦춰 드려도 말입니까?"

몸을 돌린 채 노형진을 쳐다보지도 않던 소규한은 움찔했다.

그에게 가장 필요한 것은 시간이다. 그런데 그걸 줄 수 있다니.

"여기에 대룡에서 받은 위임장과 동의서가 있습니다. 여기에 제가 사인하게 되면 당신에게는 3년의 시간이 더 생기는 겁니다."

"꿀꺽……."

침을 삼키면서 다시 돌아보는 소규한.

'진짜로 내 영혼을 받으러 온 악마인 건가.'

왠지 노형진의 등 뒤로 악마의 날개가 있는 느낌이었지만, 그렇다고 해도 마냥 거절할 수 있는 조건이 아니었다.

그 3년이면 자신은 부도를 막을 수 있다. 그러면 감옥을 가지 않아도 될 테고, 최소한의 돈은 건질 수 있다.

"자, 어떻게 하실 겁니까? 영혼을 제게 넘기실 겁니까, 아니면 그대로 파멸을 받아들이시겠습니까?"

"망할…… 악마 같은 자식."

"악마든 천사든 마음대로 부르세요. 하지만 결정은 여기서 해야 합니다. 제가 저 문을 나가는 순간 더 이상 기회는 없습니다."

"으으으……."

소규한은 고민이 많았다.

진짜로 영혼을 달라는 것은 아닐 테고, 뭘 요구하는지 알지 못했던 것이다.

"뭘 달라는 거야?"

"성화의 비밀."

"성화의 비밀?"

"그래요."

"그게 뭔데?"

"왜 이러실까?"

노형진은 그가 모른 척하자 피식하고 비웃음을 흘렸다.

"당신은 성화전자에서 이사를 하고 나왔지요. 매년 수많은 이사들이 방출됩니다. 사실 일부 이사들은 자르기 위해 이사를 만들기도 하죠."

이사는 법적으로 법의 보호를 받는 노동자가 아니다. 그래서 대기업들은 부장급 이상의 사람을 잘라야 하는 경우 이사로 승진시킨 후 자르기도 한다.

서로 좋은 게 좋은 거라고, 대기업 이사 출신이라고 하면 재취업이 쉬워지는 데다가 회사에서는 쉽게 자를 수 있고 법적인 다툼도 할 필요가 없으니.

그러나 소규한은 그런 이사가 아니었다.

"당신은 이사 재직 기간이 길었지요. 심지어 해직당해서 나온 후에 이곳을 차려서 중간에서 돈 삥땅 치면서 편하게 살 수 있게 해 줬지요. 왜 그럴까요?"

"내가 능력이 있으니까 그렇지."

"개소리하지 마시고."

"큭."

"둘 중 하나죠. 당신이 진짜 핵심 인재로 중심에서 일했든가 아니면 비밀을 알고 있든가. 둘 다일 수도 있고."

노형진은 그러면서 연장 동의서를 그에게 내밀었다.

"어느 쪽이든 당신이 가진 비밀은 참으로 쓸 만하겠죠."

"미친……."

"부정은 안 하시는군요."

소규한은 아차 했다.

사실 부정했어도 의미가 없다.

자신의 미래를 위해 비밀을 들고 나오는 녀석들도 적지 않고, 최측근으로 일하다 보면 자연스럽게 더러운 부분을 볼 수밖에 없으니 말이다.

"그러니까 그걸 내놓으신다면 당신을 살 수 있습니다."

"……."

소규한은 침을 꿀꺽 삼켰다.

'이걸 까발린다면…….'

성화의 보복이 들어올 것이다.

그러나 말하지 않는다면 당장 망할 것이다. 그 후에 성화가 자신을 보살펴 주면 좋겠지만…….

'그럴 리 없지.'

지금도 버려졌다.

기업의 세계에서 효용성이 다한 도구는 버려지기 마련이다. 그리고 인간은 그저 도구일 뿐이다.

"전 이만 가지요."

그런데 갑자기 자리에서 일어나는 노형진.

소규한은 엉겁결에 그를 말렸다.

"자, 잠시만요. 벌써 가실 필요까지야……."

자신도 모르게 존댓말을 하고 있었지만 그는 전혀 의식하지 못했다.

"당신만 있는 게 아니니까요."

"뭐라고요?"

"당신만 당하는 게 아니라는 것쯤은 알고 있을 텐데요?"

"……."

자신을 포함해서 성화에서 나온 열 명. 그들이 똑같은 처지에 있다는 이야기를 들었다.

순간 그의 머릿속이 복잡해졌다.

'그러고 보니 내가 의리를 지켜도 그 새끼들 중 한 명이 떠벌리면 의미가 없잖아?'

그러면 자신은 망하는 거고 인생은 끝장나는 거다.

'김 이사는? 의리를 지킬까? 확실히 과묵한 타입이기는 하지만……. 박 이사 그 녀석은? 아니, 그리고 보니 최 이사가 있잖아? 그 새끼는 분명히 떠벌릴 텐데.'

사람이 열 명이 있으면 그중 한 명은 켕기기 마련이다. 그리고 그게 켕기는 순간 믿음은 박살이 난다.

남이 떠벌려서 자신이 망하게 생겼다면 차라리 자신이 떠벌려서 자신이 살아남는 것을 선택하는 것이 인간의 본성.

"말하겠습니다, 제가 본 모든 것을."

"단순히 말하는 것만으로는 곤란한데요? 대한민국은 법치주의 국가라서요."

"즈, 증거도 있습니다."

힘겹게 말하는 소규한. 노형진은 그런 그를 보면서 다시 몸을 돌렸다.

"자, 그러면 이야기를 들어 볼까요?"

"자네는 악마야."

"하려면 깔끔하게 해야지요."

"깔끔? 이 증거들이 무슨 의미인지 아나?"

성화전자에서 나온 이사들은 살기 위해 비밀을 까발렸다. 그리고 자신들이 들고 있던 증거 역시 내밀었다.

그 증거는 무서울 정도였다.

"아무리 재벌이라고 하지만 이 정도면 5년 이상 안 나올 수가 없어."

"그래 봤자 대법원 가면 집유로 나올 텐데요, 뭘."

일단 1심에서는 언론을 타고 시끄러우니 처벌하고, 시간이 지나 좀 잠잠해지면 집유로 풀어 주는 것이 대한민국 재벌에 대한 법률구조다.

그것도 안 되면 대통령이 사면으로 풀어 주고.

"그래도 그렇지."

뇌물 정도는 아무것도 아니다. 이득을 위해 폭행을 사 주하고 불법적으로 협박하고 심지어 로비해서 중소기업을 망하게 하기까지 했다.

그중 하나는 어떤 제품에 대한 비밀이었다.

전 세계에서 독일만 제작이 가능한 물품이었는데 중소기업이 그걸 개발했다.

철저하게 기밀로 개발해서 성공했는데, 화재로 인해 모든 자료와 증거가 소실되었다.

결국 엄청난 개발비를 감당하지 못한 중소기업이 망했다.

그게 성공했다면 매년 수백억을 벌 수 있었을 텐데 말이다.

그런데 얼마 후 성화전자가 그 개발에 성공했다고 발표하고 그 후부터 막대한 이득을 챙겼다.

"그런데 그 화재가 성화가 일으킨 사건이었다니."

그건 유민택도 아는 사건이었다. 불을 끄는 과정에서 연구원 한 명이 사망한 사건이었기 때문이다.

만일 이 증거대로라면 화재로 증거를 지우라고 한 김두필은 실형을 면할 수가 없다, 일단은.

"한번 찔러본 게 제법 짭짤하더군요."

노형진은 히죽거렸다.

사실 이건 전혀 생각도 안 해 보다가 혹시나 하는 마음이 들어서 한 것이었다.

기업까지 챙겨 주는 퇴직 이사들. 과연 그들이 아는 게 얼마나 많을까 하는 호기심.

그런데 그 호기심 덕에 생각보다 더 많은 걸 알아낼 수 있었다.

"더 재미있는 건 성화전자의 중국 이전 건입니다."

그 증거들 중에는 상당히 재미있는 것도 있었는데, 그중 하나가 바로 성화전자가 중국으로 시설을 모조리 이전한다는 것이었다.

"이 말대로라면 5년 안에 성화전자는 모두 이주하게 되어 있습니다. 계획대로 된다면 말이지요."

"그렇지."

"과연 이걸 납품 업체들이 알게 되면 어떻게 될까요?"

안 그래도 성화전자는 부품을 구하지 못해서 제대로 돌아가지 못하고 있다. 그나마 단가를 높여서 간신히 공급하고 있지만, 성화의 입장에서는 수익률이 상당히 떨어진 상황이었다.

"분노하겠지."

당장 몇 년 후면 자신들은 토사구팽이 된다는 가장 확실한 증거가 눈앞에 있다.

갑자기 성화가 거래를 딱 끊으면 지금 납품 업체들은 성화를 따라 중국으로 가든가 고사하는 수밖에 없다.

그러나 성화를 따라 중국으로 간다고 해도 계속 이용해 준다는 보장은 없다. 중국은 더 낮은 가격으로 납품을 하려고 하는 곳들이 넘쳐 나니까.

결국 언젠가는 토사구팽된다는 것이다.

"이탈이 가속화되겠군."

"그럴 겁니다."

버려질 걸 좋아하는 사람은 없으니까.

"기자들이 좋아하겠군요."

노형진은 책상 가득히 쌓여 있는 성화전자에 대한 서류를 보면서 눈을 반짝였다.

⚖️

"한마디 해 주시지요!"

"방화를 사주한 것이 사실인가요?"

"사망한 연구원에 대해 하실 말이 있습니까?"

"주가도 조작한 혐의를 받고 있는데요, 이에 대해 할 말 없습니까?"

"성화전자의 모든 기업을 중국으로 이전하려고 한다면서요? 그럼 한국의 납품 업체들은 어떻게 되는 건가요?"

"한마디만 해 주세요!"

검찰에 출두하는 김두필은 초라한 모습으로 꾸부정하게 휠체어에 앉아 있었다.

"비키세요!"

"비켜요!"

경호원들은 그런 그를 보호하면서 검찰청 안으로 들어갔다.

기자들은 한마디라도 듣기 위해 악다구니를 썼지만 결국 아무런 말도 듣지 못한 채로 저지당해야 했다.

"개판이구먼."

좀 떨어진 곳에서 따뜻한 커피를 들고 선글라스를 쓰고 구경하던 유민택은 혀를 끌끌 찼다.

"이걸 구경하러 여기까지 오고 싶으셨나요? 이렇게 추운데?"

"지금이 아니면 이런 구경을 언제 해 보겠나?"

"하긴, 그러네요."

성화전자는 급격하게 몰락하고 있었다.

그나마 가격을 올려 주고 안심시켜 주자 공급을 재개했던 하청 업체들이 이전 계획이 발표되자마자 벌 떼처럼 들고일어난 것이다.

버려질 게 확실하다면 미리 버리는 게 인간이다.

그들은 성화에 이전을 포기하겠다는 각서를 요구했지만 성화는 이전 계획은 없다고 하면서도 각서는 써 주지 않았고, 그 때문에 누구도 그들의 말을 믿지 않았다.

"연구소에서 연락이 왔네. 냉장고 제어 시스템이 거의 완성되었다고 하더군."

"전자연합에서 최초로 나오는 상품은 냉장고가 되겠군요."

"그렇겠지."

기존의 제품은 대기업, 아니면 중소기업의 이름을 달고 나왔다. 하지만 이번에는 완전히 새로운 형태의 기업이다.

전자연합이라 불리는, 중소기업이 뭉쳐서 대규모 집단을 만든 형태.

그들은 생산을 담당하고 판매는 대룡이 담당한다.

"벌써부터 반응이 좋아."

"그렇겠지요. 중소기업의 가장 큰 문제가 해결되었으니까."

중소기업의 가장 큰 문제는 확실하지 않은 품질과 사후 A/S다. 한국 사람들이 대기업 물건을 좋아하는 가장 큰 이유이기도 하다.

"하지만 연합이라는 이름이 있으면 상황이 달라지지요."

연합인 만큼 갑자기 날아갈 가능성은 없다.

설사 기업 중 한 곳이 망해도 계약에 따라 다른 기업이 그 자재의 생산을 계속하기로 되어 있기 때문에 중소기업에서 흔하게 벌어지는, 부품이 없어서 못 고친다는 식의 일은 벌어지지 않는다.

더군다나 대기업 이름을 빼 버렸기 때문에 가격도 무척이나 낮아졌다.

"성화에는 기업들이 부품 공급을 안 하려고 해서 중국 쪽을 알아보는 모양이더군."

"뭐, 망하지는 않을 테지만……."

국산이 아니라 중국산이라는 이미지가 박혀 버리면 당연히 판매량은 떨어질 수밖에 없다.

'이거, 참…… 내가 잘한 건지.'

노형진은 그렇게 말하면서도 영 찝찝했다.

그럴 수밖에 없는 게, 자신이 나서서 상당히 많은 역사를 바꿨지만 전자연합이라는 형태의 기업은 전혀 없었던 기업이기 때문이다.

'거의 대룡이 망하지 않는 정도인가? 아니…… 그것보다 역사에 미치는 영향이 더 클지도.'

전자연합이 대룡처럼 자신의 통제에 따라 정상적인 기업이 될지, 아니면 성화처럼 거대한 육식 공룡이 될지는 아직 모를 일이다.

'결국 시간이 말해 주겠지. 미래는 이제 시작이니까.'

시간은 언젠가 답을 알려 주리라.

그렇게 생각하는 것 말고는 답은 없었다.

알바 천국? 알바 지옥이겠지

　사람은 먹기 위해 산다는 말과 살기 위해 먹는다는 말이 있다. 어느 쪽이든 먹는다는 행위가 인간이 살아가기 위해 꼭 필수적인 것임은 누구도 부정할 수 없는 사실이다.

　그건 돈이 아무리 많아도 어쩔 수가 없는 것이다.

　물론 과학적으로 영양소를 혈관에 투입해서 사는 것도 가능하다고 하지만 그건 어디까지나 사정이 있는 사람들의 이야기지, 대부분의 사람들은 먹는다는 행동에서 기쁨을 느낀다.

　그리고 노형진 역시 그런 많은 사람들 중 한 명이다.

　"아뜨뜨뜨."

　뜨거운 국물을 쭈욱 들이켠 노형진은 방방방 뜨면서 어쩔 줄 몰라 했다.

"캬, 국물 죽이네."

점심시간에 먹는 시원한 탕 하나의 맛은 사회생활을 하는 사람들의 또 다른 활력소다.

"의외네요."

"네?"

맞은편에서 바라보던 고연미는 고개를 갸웃했다.

"아니, 맛있는 거 사 주신다고 해서 왔더니 알탕이라니?"

"맛이 없나요?"

"아니, 확실히 맛있어요."

"맛있지요."

이 주변에서는 소문난 알탕집이기 때문에 노형진은 흡족한 얼굴이 되었다.

특히 요즘처럼 쌀쌀한 날씨에 한 그릇 들이켜면 오후에 일하는 데 상당히 도움이 되곤 했다. 졸린 것만 빼고.

"전 비싼 걸로 사 주실 줄 알았어요. 부자시라면서요?"

"저거, 부자이기는 한데 짠돌이에요, 언니."

손채림은 옆에서 히죽거리면서 말했다.

그리고 그 부분은 부정할 생각이 없기 때문에 노형진은 히죽 웃었다.

"비싼 게 꼭 맛있다는 뜻은 아니잖습니까? 솔직히 비싼데 맛없는 집도 많아요."

"확실히 그렇지요. 여긴 진짜 사람이 많을 만하네요."

그녀도 여기저기 많이 먹어 봤지만 이렇게 시원하게 알탕을 끓이는 집은 처음이었다.

"아, 시원하다."

마지막 한 방울까지 쭈욱 들이켠 노형진은 느긋하게 몸을 기대앉았다.

"생각과는 다른 분이시네요."

고연미는 신기하다는 듯이 바라보았다.

지난번 사건 이후에 고연미는 태양과의 계약을 해지했다.

아니, 정확하게 말하면 쫓겨났다. 그리고 약속대로 새론으로 왔다.

"뭐, 다 똑같은 건 아니죠. 돈을 떠나서 전 기본적으로 서민이라고 생각하거든요."

"서민?"

"네."

"하지만 재산이 적지 않다고……."

"아, 돈의 문제가 아니라 마인드의 문제지요. 저 자신이 부자라고 생각하면 과연 저는 누구를 지킬까요?"

고연미는 이해가 간다는 듯 고개를 끄덕거렸다.

나는 부자다, 그러니 나는 특별한 사람이라고 생각하는 순간 그들의 세계는 남과는 달라진다.

"서민이니 중산층이니 하는 건 정치적 단어일 뿐입니다. 사실 의미가 없죠. 말장난일 뿐이고."

"말장난?"

"우리나라의 여론조사에 따르면 중산층의 기준은 연봉 6천입니다. 융자 없이 30평 이상의 아파트에 살아야 하고 은행 예금은 1억 이상이어야 하며 해외 여행은 1년에 한 번 이상 가야 합니다. 그게 사람들이 생각하는 중산층의 최소 기준이죠. 여기서 괴리가 느껴지지 않습니까?"

"그런가요? 확실히 괴리감이 느껴지네요."

고연미는 아이돌을 했다고 하지만 사회를 모르는 사람이 아니다. 그러니 저 조건이 얼마나 달성하기 힘든 것인지 알고 있다.

도리어 유명했지만 돈을 벌지 못한 아이돌이었기 때문에 혹독할 정도로 돈의 가치를 잘 알고 있었다.

"저 기준으로 따진다면 우리나라 국민의 20퍼센트 안에 들어갈 겁니다. 대부분은 저런 삶을 살지 못하지요. 더군다나 저건 최소 기준입니다. 웃긴 건, 중산층이라는 것은 사회적으로 사회의 중간 계층이라는 뜻이거든요."

노형진은 그렇게 말하면서 히죽 웃었다.

"하지만 외국은 중산층의 개념이 다릅니다."

"다르다?"

"자신의 신념이 있고 그걸 표출하며 그 신념을 위해 노력하는가, 그리고 정치적으로 바르며 남을 위해 배려하고 양보할 줄 아는가. 그런 것이 중산층의 개념입니다."

한국은 중산층을 돈 많은 자로 판단한다. 하지만 외국의 경우에는 그 사람이 올바른 사회인인가로 판단하는 것이다.

그 차이는 무척이나 크다.

"결국 중산층을 위해 정책을 짠다는 건, 우리나라의 기준으로는 부자를 위한 정책을 짠다는 말입니다. 사회적 단어의 선택인 거죠. 전 그래서 스스로 서민이라 생각합니다. 나 스스로가 서민으로 인식하고 그래야 제대로 서민에 대한 변론을 지원할 수 있으니까요."

"복잡하네요."

노형진은 그저 웃고 말았다.

아마도 현대 한국 사회에서 살아온 대부분의 사람은 그런 감정을 이해하기 쉽지 않을 것이다. 한국 사회는 남을 밟고 올라서도록 가르치니까.

"뭐, 그건 천천히 새론에서 배워 가시면 될 겁니다. 그나저나, 생활은 할 만하신가요?"

"배우는 중이니까요. 아직 팀도 안 꾸려져 있고, 현재는 기존 판례를 분석하고 있어요."

새로운 변호사가 오면 새론은 바로 일을 시키지 않는다. 2개월 정도는 기존의 판례 중 익혀야 하는 판례를 배우도록 되어 있다.

그건 기성 변호사이든 새로 변호사 자격증을 딴 사람이든 필수적으로 배워야 하는 부분이다.

그녀가 아무리 얼굴마담이라고 해도 새론에 온 이상 필수적인 부분이다.

"일단은 배우는 것도 중요하지만 그걸 자신의 것으로 녹여내는 것도 중요합니다. 발전하지 않으면 도태되니까요."

"알겠습니다."

고연미는 이해한다는 듯 고개를 끄덕거렸다.

아이돌도 마찬가지다. 아니, 어찌 보면 변호사보다 더욱 혹독하다.

도태된다는 것은 단순히 잊히는 정도가 아니다. 버려진다는 것이다.

그러니 스스로 발전하는 수밖에 없다.

"자, 그러면 커피 한잔하러 갈까요?"

"그건 제가 사지요."

"사절은 안 하겠습니다."

빙긋 웃으면서 커피숍으로 향하는 세 사람.

이때까지 이들은 기분이 좋았다.

고연미는 맘 편하게 일할 수 있는 곳이라서 좋았고, 노형진은 고질적인 인원 부족 문제를 일부 해결할 수 있어서 좋았다.

그러나 커피숍에 도착했을 때 그들은 당황한 얼굴이 될 수밖에 없었다.

그 앞에서 소란이 벌어지고 있었기 때문이다.

"돈 달라고요!"

"돈 없다고 했잖아! 누가 돈 안 준대? 준다고!"

가게 앞에서 싸우는 몇 사람.

그들은 돈 때문에 싸우는 듯했다.

그런데 그걸 보던 손채림이 고개를 갸웃했다.

"저거 영란이 아냐?"

"영란이?"

"저기서 일하는 알바생. 아니, 일하던 알바생이라고 해야
하나?"

"일하던?"

"얼마 후면 개강이잖아. 복학한다고 그만뒀거든."

손채림은 그중 한 명을 알아보고는 고개를 갸웃했다.

그러고 보니 영란이라고 하는 사람을 기준으로 두 사람이
이쪽에 더 있었고, 그 앞에서는 나이 좀 있어 보이는 아줌마
한 명이 언성을 높이고 있었다.

"왜 그러지?"

"글쎄."

노형진은 그들을 보면서 고개를 갸웃했다.

아무래도 무슨 상황인지 알 수 없으니 끼어들 수가 없었던
것이다.

"분위기도 안 좋고, 다른 곳으로 갈까?"

"글쎄, 그럴까?"

섣불리 끼어드는 것은 좋은 생각이 아니기 때문에 세 사람은 다른 곳으로 가려고 했다.

구경하는 사람들도 있었지만 대부분은 노형진처럼 자리를 벗어나려고 했다. 점심시간은 짧고, 이제는 들어가야 하는 시간이기 때문이다.

그때였다.

부아앙!

요란한 소리를 내면서 들어오는 한 대의 수입 차.

누군가가 그 차를 그들 옆에 대고는 차에서 내렸다.

"헐?"

그런데 그다음에 벌어진 일 때문에 사람들은 그곳을 떠나지 못했다.

"뭐야? 돈주머니?"

차에서 낑낑거리면서 거대한 주머니를 꺼내는 남자.

그런데 노형진이 아는 주머니다. 소위 말하는 돈주머니.

지갑 같은 게 아니다. 말 그대로 돈을 대량으로 나눌 때 은행 같은 곳에서 쓰는 물건이다.

"저걸 왜?"

요즘 같은 시대에 돈을 계좌 이체로 주지 직접 주는 경우는 드무니 뭔 일인가 하는 그 순간, 경악스러운 일이 벌어졌다.

"이거나 먹고 떨어져, 이 더러운 년들아!"

그 돈주머니를 열고 그 안에 있는 걸 꺼내서 집어 던지는 남자.

그 안에서 쏟아져 나온 10원짜리는 싸우고 있던 세 여자의 얼굴로 날아갔다.

"꺄악!"

"돈? 그래, 돈이 그렇게 좋아? 이거나 먹고 떨어져, 이 개 같은 년들아! 너희가 그딴 식으로 사니까 성공을 못 하는 거야!"

마구 분노하는 남자.

지금까지 세 여자들에게 뭐라고 하던 나이 많은 여자도 합세해 돈주머니에서 10원짜리를 꺼내서 마구 집어 던지기 시작했다.

"어디 비렁뱅이 같은 년들이!"

사람들은 눈을 찌푸렸지만 말리지는 않았다. 자신들의 일이 아니기 때문이다.

그러자 그렇게 신나게 돈을 뿌린 두 사람은 질려 버린 듯 눈물을 흘리고 있는 세 사람에게 빈정거렸다.

"일단 200만 원 줄 테니까 나중에 더 받으러 오든가."

아마도 저 10원짜리가 다 합치면 200만 원인 모양이었다.

노형진은 그걸 보고 기가 막혔다.

'사람이 진짜.'

딱 봐도 무슨 상황인지 이해가 갔기 때문이다.

아마도 저 부부로 보이는 남녀는 커피숍의 주인일 것이다. 그리고 아르바이트를 했던 세 여자들에게 알바비를 주지 않으려고 하는 것일 테고.

'딱 그럴 시점이기는 하지.'

조금 있으면 대학이 다시 개강한다. 그러니 등록금을 내기 위해 아르바이트했던 학생들이 돈을 달라고 할 시점이다.

'그리고 저런 악질들이 있지.'

진짜로 힘들어서 못 주는 경우도 있지만 대부분 그런 경우는 미리 사전에 이야기해서 그만둬 달라고 한다.

하지만 이런 경우는 하나뿐이다. 바로 악질적으로 돈을 주지 않으려고 하는 경우.

"흑흑."

"가져가. 왜, 줬잖아! 왜 못 가져가?"

히죽거리면서 세 사람을 모욕하는 두 남녀.

세 사람은 눈물을 흘리면서도 그 돈을 주우려고 했다. 그 래야 등록금을 내고 학업을 계속할 수 있으니까.

그러나 그런 그들을 말리는 사람이 있었다.

"그거 줍지 마세요."

"네?"

"그거 줍지 마시라고요."

"넌 뭐야, 이 새끼야?"

노형진이 끼어들자 버럭 화를 내는 두 사람.

떠나려고 하던 사람들은 새로운 사람이 끼어들자 호기심에 찬 얼굴로 그 광경을 지켜보았다.

'이런 개 같은 연놈들을 봤나?'

노형진은 진짜 화가 난 상태였다.

만일 자신이 회귀하지 않았다면 자신이 딱 이 또래일 것이다.

회귀 전 역사에서 자신은 이때쯤에 사법시험을 준비하면서 동시에 온갖 구박을 다 받아 가며 아르바이트를 해야 했다. 그러니 화가 안 날 수가 없었다.

"변호사라는 새끼입니다."

"변호사?"

움찔하는 두 사람.

아무래도 변호사라는 직업은 상대방을 약간 겁먹게 하는 효과가 있으니까.

"지금 그거 집어 던지셨죠?"

"그래서?"

"이런 말 들어 보셨습니까? 꽃으로도 때리지 마라."

"그건 뭔 개소리야?"

'그렇지. 저런 녀석들이 교양서적을 읽어 볼 리 없지.'

교양이라고는 눈곱만치도 없는 녀석들이니 책을 읽을 리 없었다.

"책 제목입니다. 뭐, 그건 일단 책 제목일 뿐이고, 법적으로는 말입니다."

노형진은 그들을 바라보았다.

"폭행이죠."

"뭐라고?"

"말 그대로 폭행입니다. 꽃이라는 도구를 이용해서 사람을 폭행한 거니까 때리면 안 되죠."

"이거 미친 거 아냐? 불쌍하니까 봐주라 이거냐?"

변호사라고 해서 움찔했더니 헛소리를 하는 노형진을 보고 비웃음을 날리는 남자.

그러나 노형진이 미쳐서 그런 말을 하는 게 아니었다.

"그럴 리가요. 말 그대로 법적으로 꽃으로도 때리지 말라는 건데 돈이라는 도구를 이용해서 때리셨잖아요?"

"뭐?"

"10원짜리는 상당한 질량을 가진 물체입니다. 어찌 되었건 그걸 상대방에게 투척해서 폭행을 가하셨죠."

"그게 무슨 개소리야! 난 때린 적 없어!"

"때린다는 게 그냥 주먹질, 발길질을 하는 것만 뜻하는 게 아닙니다. 일단 폭력이 동반되면 다 때리는 겁니다. 그리고 두 분은 같이 때리셨죠."

"뭔 말도 안 되는……."

여자는 당황에서 어쩔 줄 몰라 했다.

갑자기 폭행 운운하니까 겁이 나기 시작한 것이다.

'너 같은 게 알 리 없지.'

저런 타입들의 사람들은 지금까지 법적으로 싸워 본 적은 없을 것이다. 대부분 저런 타입들은 목소리가 크면 이긴다고 생각하는 족속이다.

물론 사회적으로 그게 맞기는 하다.

그러나 그건 어디까지나 상대방이 귀찮아서 물러나는 것이지, 진짜로 이기는 게 아니다.

그리고 노형진은 오랜만에 제대로 열 받아서 물러날 기분이 아니었다.

"저기, 변호사님……."

뒤에 있던 영란이라고 불린 학생이 노형진에게 다가왔다.

그녀들은 도무지 변호사를 선임할 돈이 없었기 때문이다.

노형진은 그들의 마음을 알고 있는지 그녀들의 어깨를 꽉 잡았다.

"그냥 가만히 있어요."

"네?"

그녀의 귀에 대고 조용히 말하는 노형진.

"제가 등록금 벌어 드릴 테니 가만히 있으시라고요."

"네, 네?"

순간 이해 못 하겠다는 표정이 되는 세 사람.

그들이 뭐라고 하려고 하는 순간, 손채림이 그녀들의 어깨를 뒤에서 잡았다.

"자, 동생들. 이럴 때는 뒤에서 굿이나 보고 떡이나 먹는 거야."

"그게 무슨……?"

갑자기 상황이 이상해지기는 했지만 일단 자신이 나서지 않아도 진척될 거라는 생각에 세 사람은 조용히 입을 다물었다.

그리고 그 모습을 고연미는 상당히 흥미롭다는 표정으로 바라보았다.

"그리고 이 많은 사람들 앞에서 계속 욕하고 겁을 주시던데, 그거 모욕죄입니다. 아시죠?"

"뭐, 뭐라고? 내가 언제!"

이제 와서 딱 잡아떼려고 하는 주인 내외.

그러나 듣고 있던 사람들은 당황하는 그들의 모습이 너무 재미있었던 모양이다.

"난 들었는데?"

"나도."

"나도 들었어. 아까 개 같은 년이니 비렁뱅이 같은 년이니 하지 않았나?"

사람들은 아주 작심한 듯 히죽거리면서 나섰다.

귀찮은 게 사실이기는 하지만 또 한편으로는 학생들의 마음을 너무나도 잘 이해하고 있기 때문이다. 대부분 비슷한 고생을 해 본 적이 있는 사람들이니까.

"어…… 난 한 적 없어! 증거 있어?"

"증인은 많은 것 같네요. 그리고 이 정도 증인이면 증거 없어도 법정에서는 인정됩니다."

"어……."

점점 당황하는 두 내외.

"그리고 이 돈 아까 집어 던지셨잖아요? 그거 왜 그런 겁니까?"

"당연히 저년…… 아니, 저 애들 주려고……."

"그러면 소유권을 포기하신 거 맞죠?"

"뭐라고?"

"남 주려고 허공에 뿌린 돈이잖아요. 그러면 소유권 포기하신 거 맞네요?"

"그거야…… 그렇지만……."

상대방에게 모욕을 주기 위해 고의로 뿌린 것이다. 노형진이 그걸 모를 리 없다.

"하지만 이 세 분, 10원짜리로 된 200만 원 수령하실 생각 있습니까?"

"네?"

"저거 주워 갈 생각 있느냐고요."

마음 같아서는 그러고 싶다. 등록금을 내야 하니까.

그러나 상황을 봐서는 그러면 안 될 것 같은 분위기.

손채림은 영란의 옆구리를 쿡 찌르고는 고개를 흔들었다. 아니라고 대답하라는 뜻이다.

영란은 침을 꿀꺽 삼키고 고개를 흔들었다.

"아니요. 그런 모욕을 당하면서까지 가지고 가고 싶지 않아요."

"뭐라고? 저게 배때기에 기름이 찼나?"

발끈하는 두 내외.

노형진은 히죽 웃었다.

"자, 그러면 이 돈."

몸을 숙여서 바닥에 떨어진 10원짜리를 주워 드는 노형진.

"주인이 없네요."

"뭐라고?"

"본인이 소유권 포기하셨잖아요? 여기 증인들도 넘쳐 납니다. 그리고 여기에 있는 다른 분은 그 수령을 거부하셨지요. 법적으로 채권자가 수령을 거부하면 그걸 강제로 떠넘길수는 없죠. 그럴 때는 집어 던지는 게 아니라 정식으로 법원에 공탁을 걸어야 보호됩니다."

"그게 무슨 소리야?"

"간단하게 말해서 이겁니다. 여기에 있는 200만 원어치 10원짜리는 주인 없는 돈이고, 당신들은 아직 이 세 분에게 돈을 갚아야 한다는 거죠. 그리고 이 돈은……."

주운 돈을 자신의 주머니에 넣는 노형진.

"양쪽 다 소유권을 주장하지 않으니 발견자인 제 겁니다."

"뭐…… 뭐라고?"

"양쪽 다 자기 돈이 아니라면서요? 그러면 주운 놈이 임자이지요. 당신들은 이 200만 원을 포함해서, 여전히 갚아야 한다는 뜻이고요."

순간 그 뜻을 알아챈 손채림은 주변에 크게 외쳤다.

"이 돈은 줍는 사람이 임자래요!"

"뭐라고요?"

"줍는 사람이 임자?"

"이게 웬 떡이냐!"

사람들은 10원짜리에 달려들어서 마구 줍기 시작했다.

동시에 지금 상황이 어떤 뜻인지 알아챈 두 내외는 기겁했다. 그 말은 즉 자신들이 200만 원을 손해 봐야 한다는 뜻 아닌가?

"안 돼! 내놔! 이것들아! 내놓으라고!"

"도둑이야! 경찰 불러! 내놔!"

"저리 꺼져! 안 꺼져! 이거 내 돈이야! 내 돈!"

밀려드는 인파에게서 10원짜리를 지키려고 악다구니를 하는 두 사람을 보다가 노형진은 피식 웃으면서 뒤로 물러났다.

"채림아, 경찰 좀 불러 줘."

"응? 진짜로 저 돈 주게?"

"아니. 폭행 현행범으로 잡아넣어야지. 마침 증인도 주변에 많네."

"아!"

10원짜리를 줍는 사람들은 신이 났다.

물론 10원짜리 몇 개 줍는다고 그게 얼마나 되겠는가?

그러나 저 싸가지라고는 없는 작자들에게 한 방 먹일 수 있다는 생각에 다들 신이 나서 줍고 있었다.

"오케이."

악을 쓰는 두 내외를 본 손채림은 히죽 웃으면서 바로 전화기를 들었고, 노형진은 영란이라고 알고 있는 사람에게 다가갔다.

"노형진이라고 합니다. 이 근처에 있는 새론에서 변호사를 하고 있습니다. 체불임금 사건인가요?"

"네? 아, 네…… 체불임금요. 맞다, 전 박영란이라고 해요."

"거참, 별 미친놈이 많지요?"

바닥을 기어 다니면서 미친 듯이 10원짜리를 주워 드는 두 사람에게 눈을 흘긴 노형진은 피식 웃으면서 말했다.

"감사해요, 덕분에."

"아닙니다. 누군가는 해야 할 일이죠. 아마 폭행과 모욕에 대한 합의금과 체불임금을 합하면 한 학기 등록금은 될 겁니다."

"감사합니다."

눈물까지 그렁거리는 박영란과 그 친구들.

그럴 수밖에 없었다. 등록금이 워낙 비싸서 열심히 일을 했음에도 불구하고 부족한 부분이 있었기 때문이다.

"그나저나 저런 사람이 많습니까?"

"네?"

"저런 사람이 많으냐고요."

"많지요. 이때가 되면 고질적으로……."

"역시나."

노형진도 회귀 전에 겪은 일이다.

돈을 안 주고 버티면 유리한 것은 업주들이다.

소송을 해 봐야 처벌도 제대로 안 받을뿐더러, 버티면 합의라는 이름하에 법원에서 알아서 깎아 주니 손해 볼 게 없는 것이다.

"일단 사건은 정식으로 수임해서 저희가 처리하지요."

"하지만…….."

"돈 걱정은 마세요. 형사 건이라 그냥 대충 소장만 쓰면 됩니다. 무료로 해 드릴 테니 사무실로 찾아오세요."

노형진은 그녀에게 명함을 내밀었고, 박영란은 그걸 받으면서 눈물을 닦았다.

"감사합니다."

"감사는 나중에 끝나면 받겠습니다."

그러면서 노형진은 10원짜리를 주머니로 욱여넣고 있는 두 사람을 불쌍한 듯 바라보았다.

⚖️

"재미있네요."

"네?"

"변호사라는 직업이 이렇게 시원하게 일을 해결하는 경우가 있을 거라고는 생각도 못 했어요."

고연미는 왠지 신이 난 얼굴이었다.

아까는 무척이나 답답해 보였는데, 바닥을 나뒹구는 두 사람을 보고 나자 속이 뚫린 듯했다.

"원래 그 맛에 변호사를 하는 겁니다."

"호호호."

"그래, 이 맛에 변호사 하지."

"넌 아니잖아?"

"좋은 구경은 하잖아?"

주워 온 돈을 짤랑거리면서 흔드는 손채림.

"얼마나 건졌냐?"

"한 3천 원?"

"많이 건졌네."

"크크크."

10원짜리로 3천 원이면 제법 많이 주운 것이다. 무려 삼백 개니까.

"그나저나 남이 주워서 가지고 갔다고 그 두 사람이 신고하지 않을까요? 말장난을 하기는 했지만, 사실 아예 포기한 걸로 보기는 그렇잖아요?"

"그렇지요."

"그러면 문제가 되지 않나요?"

"문제 될 게 뭐가 있습니까? 이건 법적인 해석의 문제지

이것이법이다

제가 절도를 교사한 것도 아닌데요. 설사 그 두 사람이 경찰에 신고한다고 해도, 경찰이 참 잘도 추적하겠습니다."

"하긴……."

그 자리에 있던 수백 명이 조금씩 돈을 주워 갔다.

적게는 몇백 원, 많게는 몇천 원 수준이다. 손채림의 3천 원은 제법 많이 가지고 온 수준.

"그걸 경찰이 조사할 리 없죠."

만의 하나 조사하겠다고 나선다 해도 근처에 카메라도 없고 아무것도 없으니 이 근방에 있는 기업의 직원들이란 직원은 일일이 다 탐문해야 하는데, 안 주웠다고 하면 그만이다.

그리고 설사 주웠다고 해도 그 당시 법적인 관계에 대해 듣고 그걸 믿었다고 하면 절도는 성립하지 않는다.

"결국 아무것도 안 할 겁니다."

"허."

그 두 사람이 돈을 얼마나 날렸는지는 모른다. 하지만 바닥을 나뒹굴면서 주운 것치고는 많이 줍지 못했을 것이다.

"아마 그 두 사람은 세탁비가 더 나올걸요?"

"엿 먹이는 방법 참 가지가지네요."

"그러니까 그 맛에 변호사 한다니까요."

히죽거리는 노형진.

"그나저나 이번 일로 방법을 좀 찾아봐야겠네요."

"방법?"

"네. 보다시피 이런 일이 적지 않으니까요."

"그렇지요? 저도 데뷔 전에 아르바이트를 많이 했지요."

고연미도 그 당시 떼인 돈이 적지 않다.

"그런데 이 문제를 해결하시려고요? 그게 가능하겠어요? 이건 캐인적인 문제도 아니고……."

문제는 그것이다.

일단 이런 사건이 너무나 많이 일어나는 데다가 피해자와 가해자도 많다.

집단소송의 기본적인 방식은 한 명의 가해자와 다수의 피해자를 기준으로 한다.

법적으로 당사자가 다르면 사건도 다르기 때문에 다 개별적으로 의뢰를 받아야 한다.

"압니다. 그러니 다른 방법을 찾아야지요."

"변호사가 할 일은 아닌 것 같은데요?"

노형진이 미소를 지었다.

"전 변호사이면서 또 부자거든요."

"아까는 서민이라면서요?"

"그건 상황마다 다릅니다. 그리고 부자에게는 마음에 안 드는 것을 고칠 수 있는 힘이 있지요."

그리고 이번에는 이 빌어먹을 구조를 고칠 생각이었다.

"알바 시스템을 고치겠다고?"

"그건 무리죠. 그건 대통령도 못 합니다."

송정한은 노형진의 말에 기가 막혔다.

오랜만에 집단소송을 할 수 있는 걸 가지고 오긴 했는데 이건 상식적으로 불가능한 것에 가깝다.

"당사자가 많으면……."

"네네, 압니다. 당사자가 많으면 다 개별적인 사건이죠. 아마 우리가 그 사건을 담당하게 된다면 우리 규모를 열 배 이상 늘려도 의미가 없을 겁니다."

"알면서 그러나?"

그만큼 임금 체불은 전국적으로 엄청나게 많다. 너무 많아서 어떻게 대책을 세울 수조차 없는 수준.

심지어 기업 차원에서 조직적으로 하는 경우가 있을 정도이다.

실제로 모 기업에서 한 해 동안 무려 83억이 넘는 돈을 체불하고 주지 않았다.

문제는 그 기업의 그해 수익이 대략 100억 정도라는 것.

그러니까 쉽게 말해서 월급을 주지 않는 방식으로 수익을 내는 것이 공공연한 방법이 되었다는 뜻이다.

회장은 몰랐다고 하지만 100억짜리 수익을 내는 기업이 83

억을 지급하지 않았는데 모른다는 건 말도 안 되는 개소리다.

당장 그걸 지급하면 한 해 수익은 17억으로 쪼그라드는데 말이다.

"매년 이 체불임금은 조 단위입니다. 문제는 그중에는 진짜 사정이 안 좋아서 그런 곳도 있지만 그렇지 않은 곳도 많다는 거지요. 사실 상습 체불이 더 많을 겁니다."

"흠, 그런가? 솔직히 난 모르겠네. 난 아르바이트 같은 걸 안 해 봐서."

"기업에서 일하는 건 그나마 받을 수 있는 거지만 아르바이트는 안 그런 게 더 많습니다."

그저 지나가는 인력이라는 생각, 이제 나가면 다시는 볼 일이 없다는 마인드.

그런 생각에 상습적으로 체불을 하는 업자들이 수두룩하다.

"하지만 우리는 체불임금에 대해서는 시스템이 있지 않나?"

"그건 그렇지요. 하지만 그건 어디까지나 근로자 기준입니다. 아르바이트를 하는 일반적인 대상은 그에 해당되지 않죠?"

"어차피 노동자 아닌가?"

"법적으로는 그렇지요. 하지만 법률적 개념이라는 게 현실하고는 괴리가 있지 않습니까? 아르바이트생들이 노동자인 것은 맞지만 법률적으로 그걸 쓸 수 있는 한계가 있습니다."

일단 일반적인 노동자들은 공장이나 산업체에서 일한다. 그러니 집기를 털어서 돈을 받기도 쉽다.

이것이 법이다

새론의 경우 집기보다는 원자재나 완성품을 노린다.

집기나 사무용품, 기계 등은 처분도 쉽지 않거니와 최후의 순간까지 버티는 놈들이 적지 않기 때문이다.

하지만 완성품이나 원자재는 막히는 순간 기업이 망하기 때문에 대부분은 재빨리 밀린 월급을 준다.

"근로자는 맞습니다. 하지만 아르바이트는 직원이 아니라 단기 근무입니다. 상대적으로 변호사를 선임하기에는 비용이 너무 적지요."

"음……."

송정한도 이해할 수 있었다.

현재 아르바이트로 일하는 사람은 대부분 최저임금으로 보장을 받는다. 그러면 150만 원 정도다.

그런데 변호사비는 못해도 300만 원선.

"우리가 깎아 준다고 해도 너무 많습니다. 우리도 무조건 손해만 볼 수는 없는 노릇이고요."

"그건 그렇지. 아무리 우리가 선을 위해 일한다고 하지만 우리도 기업이니까."

이윤이 나지 않으면 운영이 안 되고, 운영이 안 되면 사업체를 닫아야 한다.

선을 행하는 것과 이윤을 추구하는 것은 전혀 다른 문제.

"더군다나 그런 아르바이트들 대부분은 압류도 곤란한 유형입니다."

"압류도 곤란하다?"

"네."

"어째서?"

"아르바이트의 가장 많은 비율은 차지하는 곳은 개인 사업자들입니다. 그리고 개인 사업자들이 가장 많이 하는 게 뭘까요?"

"당연히 치킨…… 아…….."

치킨집, 피자집, 아니면 커피숍이나 옷 가게 같은 것들이다.

"그나마 옷 가게는 나은 편이지만 식당은 원자재를 압류해 봐야 의미가 없지요."

상대적으로 기업이 흔들릴 정도로 비중이 큰 것도 아니거니와 식자재라는 특성상 쉽게 변질된다.

그리고 먹던 자재를 누구한테 판단 말인가? 당연히 제대로 판매하지도 못한다.

"상당히 골 때리는군."

"그래서 안 주고 버티는 겁니다. 처벌도 약하고 압류도 쉽지 않으니까요."

당사자의 입장에서는 그 돈을 달라고 하는 데 시간을 소비하느니 차라리 다른 일을 하는 게 훨씬 더 도움이 되는 상황이니 알바비를 받지 못하면 포기하는 경우도 많다.

"1천만 원, 2천만 원 그러면 모르지만 100만 원, 200만 원 그러면 싸우기도 애매한 금액이거든요. 300만 원까지는 그렇지요."

　신고하거나 노동청에 고발은 할 수 있지만 그 후에 그걸 다시 받아 내기 위해 본격적인 소송전을 하기에는 한계가 있다.

　설사 변호사를 쓰지 않는다고 해도 인지대와 소송료만 30만 원이 넘고, 출석해서 변론도 해야 하고, 거기에다 이긴 후에는 집행까지 해야 한다.

　한마디로 길고 긴 싸움이라는 소리다.

　사회 경험도 없는 학생들이나 청년들이 단돈 몇백 때문에 싸우기에는 무리가 있을 수밖에 없는 사회구조.

　다른 나라는 이런 경우 국가가 나서서 대신 받아 주지만 우리나라는 그런 곳이 없다는 게 함정.

　"그걸 어떻게든 해 보려고 합니다."

　"이건 집단소송거리도 아닌데."

　"집단소송을 할 수 있게 만들어 봐야지요."

　"곤혹스럽군."

　애초에 송정한과 새론도 이런 사회적으로 잘못된 것을 고쳐 보자는 뜻에서 집단소송을 하기 시작한 것이다.

　하지만 이런 식으로 사회 전반이 썩어 빠진 것은 고치기가 결코 쉽지 않다.

　"그냥 채권을 구입하는 건 어떤가?"

　송정한은 문득 과거의 소방관 체불임금 사건이 생각났다.

　목숨을 걸고 일하는 소방관들에게 예산이 없다는 이유로

임금을 주지 않는 국가를 상대로 노형진은 그들의 국가에 대한 채권을 구입하여 압류하는 방식으로 그들에게 돈을 줬던 것이다.

"이번에는 무리입니다."

"무리?"

"그때는 금액이 얼마 되지도 않았지요. 그리고 상대방은 국가라는, 확실하게 지불 능력이 있는 집단이었습니다. 하지만 이번에는 금액이 너무 큽니다. 매년 체불임금은 조 단위로 발생합니다. 그걸 다 감당할 수는 없습니다."

"그것도 그렇군."

"그리고 사기의 대상이 될 수도 있고요."

"사기?"

"가령 가짜 기업을 만든 후에 체불임금 영수증을 발급하고 우리가 그걸 구입하면 파산을 내 버리는 거죠."

"아……."

그렇게 되면 자신들은 엄청난 피해를 보게 될 것이다.

"아무리 저라고 해도 그런 걸 하는 데에는 한계가 있습니다."

도리어 그걸 믿고 버티는 녀석들이 나올 수도 있으니 그건 좋은 방법이 아니다.

"전 남을 도와주겠다는 거지, 남에게 퍼 주겠다는 게 아니니까요."

"그러면 어쩔 생각인가? 좋은 방법이라도 있나?"

"채권 추심 업체를 하나 만들어 볼까 합니다."

"채권 추심 업체?"

"네. 허가는 새론이면 문제없을 것 같은데요?"

채권 추심을 하고 싶다고 개나 소나 할 수 있는 것은 아니다.

채권 추심 업체는 정부의 허가를 받아서 만들어야 하며, 또한 그 법적으로 허용된 방식으로만 채권 추심을 해야 한다.

"하지만 이미 있잖아?"

"그렇지요. 그런데 그게 문제인 겁니다."

"그게 문제라고?"

"네."

"왜?"

"대표님은 추심 안 맡겨 보셨지요?"

송정한은 고개를 끄덕거렸다.

그는 딱히 맡겨 볼 만한 일이 없었다. 자신이 변호사이니 직접 받으면 되지, 맡길 이유가 없었던 것이다.

"일단 추심 업체도 변호사들과 같은 문제를 가지고 있습니다."

"같은 문제?"

"네."

"무슨 문제?"

"돈이 되는 것만 한다."

송정한은 와락 얼굴을 찡그렸다.

새론이야 변론 책임 제도로 한번 담당한 사건은 팀원이 챙기도록 해 놔서 그나마 덜하기는 하지만, 다른 곳들은 돈 안 되는 사건은 방치하는 경우가 너무나 흔하다.

심지어 수임료가 얼마 되지 않는다고 소장 한번 읽어 보고 재판정에 들어가는 게 다인 변호사들도 적지 않다.

당연히 제대로 된 변론이나 공격이 불가능하니 그런 사람들은 질 수밖에 없다.

"추심 업체도 마찬가지입니다."

추심 업체들에는 수많은 추심 사건이 들어간다. 그리고 기본적으로 추심 업체들은 대략 10퍼센트에서 20퍼센트 정도의 돈을 추심료로 받는다.

그런데 문제는 사건마다 그 금액이 다르다는 것.

이게 무슨 뜻이냐면 20억짜리 추심을 하면 2억인데, 2천만 원짜리 추심을 하면 200만 원이라는 것이다.

당연히 추심 업체들은 서민들의 2천만 원짜리 사건을 받아 두고 신경도 안 쓴다. 기껏해야 가끔 내용증명이나 보내고 마는 것이 보통이다.

그러다가 운이 좋아서 상대방이 갚으면 그중에서 무조건 돈을 떼어 간다. 아무것도 안 하고 말이다.

"몇천짜리도 그 취급인데 몇백짜리를 하겠습니까?"

"할 리 없지."

500만 원짜리 사건이라고 하면 10퍼센트는 50만 원이다. 그걸 받아서 하려고 하는 추심 업체는 없다.

"그러니 제가 그런 추심을 전문으로 하는 업체를 하나 만들어 볼까 합니다."

"저가 추심?"

"정확하게는 알바비 추심을 전문으로 하는 거죠."

"그런다고 주겠나? 본인이 와도 안 주는데 추심 업체가 간다고 주겠어?"

"안 주겠지요."

"그럼 무슨 수로 받아 내려고? 자네도 알다시피 채권 추심에는 철저한 규칙이 있네. 도리어 채권 추심 업체가 하는 게더 그 규칙을 철저하게 지켜야 한다는 거 알지?"

"알지요."

사람들은 돈을 받는다고 하면 그냥 가서 깽판을 친다고 생각한다.

그러나 법적으로 채권 추심을 할 때는 지켜야 하는 철칙이몇 가지가 있다.

우선 채권이 이관되거나 위탁받으면 수임 사실을 통보해야 하며, 추심 업체는 소송을 할 수가 없다.

채무자의 주변 인물에게 채권에 대해 알리면서 압박하는것 역시 금지 사항이고, 당연히 폭행과 협박도 금지된다.

또한 개인 정보를 누설할 수도 없으며 채권자에게 국가기관인 것처럼 거짓말을 하거나 법적인 거짓말을 해서도 안 된다.

결혼식이나 장례식장 등 공개 행사에서 추심해서도 안 되

며, 일정 이상 전화하면서 계속 압박하거나 해가 떨어진 후
에 찾아가서 강요하는 것도 안 된다.

"그런 걸 개인이 하면 몰랐다거나 개인이 얼마나 답답하면
그랬겠느냐고 하면서 변론이라도 하지, 채권 추심 업체는 그
것도 불가능하네."

"압니다."

"그런데도 방법이 있다고?"

"네."

"헐."

노형진의 말에 송정한은 기가 막혔다.

"뭐, 자네가 해 보겠다면 말리지는 않겠네만……."

노형진도 요즘 대학생들이 얼마나 고생하는지 안다.

과거에 대학 등록금이라고 하면 소를 팔아서 간다고 해서
'우골탑'이라고 했다. 하지만 그 후에는 부모를 팔아서 간다
고 해서 '인골탑'이라고 했다.

그런데 요즘은 자기 자신조차도 팔아야 한다.

방학이라고 과거처럼 놀러 다니는 게 아니라 낮에는 커피
숍, 밤에는 치킨 배달을 하며 돈을 벌어야 다닐 수 있는 게
지금 대학이다.

그리고 상습 체불 업자들은 그런 학생들의 고혈을 빼먹는다.

"한번 해 보게. 난 도무지 방법이 안 보이는구먼."

"제가 마법을 보여 드리지요, 후후후."

"마법?"

송정한은 빙그레 웃었다.

지금까지 누구도 해결하지 못한 상습 임금 체불. 그걸 해결한다라.

"그런다면 진짜 마법일 걸세."

그리고 진심으로 그런 마법이 존재하기를 그는 마음속으로 빌었다.

"광고 모델요?"

"네."

"전 은퇴했습니다만."

"하지만 사람들은 기억하지요."

고연미는 노형진의 부탁에 당황했다. 뜬금없이 광고 모델을 하라고 하다니?

물론 못 할 것은 아니다. 잘나갈 때는 일주일에 하나씩 광고를 찍을 때도 있었으니까.

"더군다나 은퇴한 지 오래되지도 않았잖습니까?"

"충분히 오래된 것 같은데요?"

그녀가 은퇴한 지 3년.

그 사이 수많은 가수들이 나타났다가 사라졌다.

10년이면 강산이 변한다지만 연예계는 3년이면 강산이 변하고도 남는 시간이다.

"그리고 우리가 광고를 찍고자 하는 것은 나쁜 게 아니라 남을 돕고 돈을 벌기 위해 아닙니까?"

"이해는 합니다만…… 차라리 다른 사람을 쓰시는 것이……."

"그건 좋은 생각이 아닙니다."

"어째서요?"

"광고라는 건 이미지를 담도록 되어 있지요."

보통 광고에 유명한 사람을 많이 쓰는 것은 그 사람이 갖고 있는 이미지를 빌려 오기 위해서다.

그래서 연예인 중에서 이미지 좋은 사람을 쓰지, 악역 전문 배우나 추문이 드러난 사람을 쓰지는 않는다.

"그런 의미에서 고연미 씨 같은 사람은 없지요."

한때 연예계를 주름잡던 가수 중 한 명.

그 시간이 짧았다고 하지만 그렇다고 해서 그녀가 아예 잊힌 수준은 아니다.

더군다나 노력해서 스스로 변호사의 자리에 올라간 사실은 방송을 통해 드러난 상황.

"그러니 얼굴도 알려지고 믿음직스럽지요."

그런 이미지를 가진 연예인은 많지 않다. 특히 법적으로 말이다.

"그렇지만 탐탁지 않군요. 전 변호사로서 살아갈 각오하고 온 겁니다. 광고 따위는……."

"광고 따위가 아니라 변호사의 업무입니다."

"변호사의 업무요?"

"네. 변호사의 목적이 뭔가요? 의뢰인의 최대 이득을 위해 일하는 거 아닌가요? 그 과정에서 가장 우선시되는 것이 의뢰인을 모아야 하는 거 아닙니까?"

"그거야 그렇지만……."

"변호사는 이런 거라고 생각하지 마세요. 변호사는 뭐든 할 수 있는 존재라고 생각하셔야 합니다. 그제 제가 성공할 수 있는 이유였으니까요."

"뭐든 할 수 있다?"

"네, 단순히 법적인 문제를 머릿속에 이론만 가지고 싸우는 게 아니라 발로 뛰면서 정보를 모으고 이론의 허점을 파악하는 게 중요한 겁니다. 그래야 이길 수 있고, 그래야 의뢰인을 도울 수 있으니까요."

"복잡하네요."

고연미는 한숨을 쉬면서 말했다.

이곳에 와서 변호사들이 다른 곳과 많이 다르다는 것은 알 수 있었다.

자신이 태양에서 본 변호사들은 보통 사무실에 앉아서 시간을 보내면서 변론 준비를 하는 게 대부분이었다.

자질구레한 일거리들은 모조리 다른 사람들에게 시키고, 물 한 잔 가져오는 것도 사람을 부리는 것을 당연하다고 생각하는 존재였다.

그러나 새론은 달랐다. 기본적으로 자신들이 움직이고 생각하며 함께 토론한다.

'그러니 이길 수밖에 없는 건가?'

한 사람이 열 사람을 이길 수는 없는 법.

저쪽은 한 명의 변호사의 지식을 이용하지만 이쪽은 팀으로 여러 명이 해결책을 찾는다.

더군다나 절대 자신의 경험을 공유하지 않는 태양과 다르게 새론은 자신의 경험을 체계화시켜서 주요 판례를 따로 공부하게 해서 경험을 공유한다.

1 대 100의 싸움. 당연히 100이 이길 수밖에 없는 구조다.

"그리고 애초에 대변인을 하는 조건으로 오신 것 아닙니까?"

"전 대변인이라고 하면 그냥 언론 발표나 하면 되는 줄 알았는데요."

"그게 고정관념입니다. 정치인 대변인들이야 그렇지요. 대변인은 속칭 얼굴마담입니다. 그렇다면 그 사람의 이미지가 어때야 할까요?"

"좋아야 하겠지요."

한숨을 쉬면서 말하는 고연미.

확실히 틀린 말은 아니다.

정당의 대변인들은 대변인이라고 목에 힘주면서 거들먹거리고 다닌다. 얼굴인 그들이 그런 식으로 행동하는데 당연히 좋아질 리 없다.

"별걸 다 시키네요."

"우리 새론에 오면 다들 한 번씩 하는 말이지요."

"하아."

히죽 웃으면서 하는 말에 그녀는 한숨을 쉬었다.

"좋습니다. 할게요."

"감사합니다. 그러면 일단 적당한 감독을 뽑아야겠네요."

"단! 조건이 있어요!"

"조건?"

⚖

"데뷔도 못 해 봤는데 뜬금없이 광고라니."

유소미는 화장을 하면서 기가 막히다는 듯 말했다.

그럴 수밖에 없는 게, 고연미의 조건이 '다른 사람들을 끼워 줄 것'이기 때문이기 때문이다.

정확하게는 자신은 혼자 광고를 찍어 본 적이 없으니 구성을 맞춰 달라는 것이었다.

"너야 그나마 연습생이라도 했지, 난 왜 뜬금없이……."

그 옆에서 머리를 만지던 손채림은 정신이 나간 듯한 표정으로 말을 꺼냈다.

"이 정도 구성이 딱 좋아요. 팀은 각자 개성이 달라야 하거든요. 겹치면 안 좋아요."

고연미는 뒤에 서서 두 사람을 보면서 미소를 지었다.

"개성요?"

"전 팀에서는 상당히 섹시한 타입이었지요. 뭐…… 가슴도 크고 키도 크고 그러니."

"윽."

왠지 졌다는 표정이 되는 두 사람.

"유소미 양은 귀여운 타입이에요. 그게 문제였지만요."

"많이 들었지요……."

그녀는 연기자 지망생이었다. 노래는 어느 정도 하는데 완전히 몸치라서 아이돌은 불가능했다.

그러나 전 소속사는 아이돌로만 밀어주다가 결국 데뷔를 못했고 말이다.

그런 그녀가 데뷔를 하지 못한 이유는 이미지가 귀여운 타입이어서였다.

"드라마는 개성이 중요해요. 아이돌로서는 좋은 마스크이기는 한데, 연기자로서는 아무래도 좀 흔하죠."

"우…… 이미 들었던 말이지만 비수네요."

그래서 결국 연습생을 그만두고 일찌감치 취업한 거 아닌가? 그래도 길은 잘 선택했다고 생각은 하지만.

"그에 반해 손채림 양은 개성이 강한 편이에요."

"개성……."

"네."

"그거 너 못생겼다, 그러니까 우리 밑거름이 되어라, 그런 거 아닌가요?"

입을 삐쭉거리는 손채림.

실제로 여자들이 못생긴 여자랑 그런 목적으로 다니는 경우가 상당수 있기 때문이다.

"광고인데 그럴 수는 없죠. 걱정 마세요. 먹힐 만한 마스크니까."

"네……."

"다만 그 얼어붙어 있는 표정만 어떻게 하면요."

"으……."

손채림은 표정이 더욱 얼어붙을 수밖에 없었다.

⚖

"푸하하하! 아이고, 배야! 아이고, 배야!"

노형진은 바닥을 구르고 싶은 걸 애써 참았다. 대신에 탁자에 엎드려서 미친 듯이 웃었다.

그리고 그 보복은 금방 들어왔다.

짜악!

"아악! 내 등!"

"누가 웃으래."

"웃긴 걸 어쩌라고! 냉동 인간이냐? 사이보그야?"

"내가 너처럼 뻔뻔한 줄 아냐?"

광고는 일단 찍었다.

사실 광고라고 해 봐야 텔레비전 광고를 할 것도 아니고 인터넷 광고와 전단지 광고 신문 광고 정도이기 때문에 동영상이 아니라 사진 촬영 정도였다. 그러나…….

"신기하다. 어떻게 찍어야 사진에서 이렇게 생동감이 느껴지지?"

"돌려 말하면 모를 것 같아?"

다시 등짝을 후려치는 손채림.

노형진이 비꼰 걸 알아들은 것이다.

확실히 생동감이 느껴진다, 두 사람만.

그에 반해 손채림은 거의 냉동 인간 수준의 생동감이 느껴진다. 어쩌면 그래서 두 사람이 더 부각되어 보였는지도.

"넌 진짜 연기는 못하겠다."

노형진은 눈물을 닦으면서 미소를 지었다.

"아, 모델료만 아니면…… 으으으……."

"큭큭큭."

"웃지 마라."

"걱정하지 마. 그나마 잘 나온 거 쓴다잖아. 거기에다가 포샵도 한다잖아."

"그게 더 문제야. 수백 장을 찍었는데 거기에 포샵까지 해야 하다니."

"원래 그런 거야."

"웃기는 소리 하지 말고."

손채림은 등짝을 한 번 더 날려서 노형진이 몸부림치게 만든 후에 맞은편에 앉아서 그를 바라보았다.

"이제 어쩔 거야?"

"응?"

"당장 광고는 시작이 되었고 의뢰하겠다는 연락이 계속 오고 있다고. 사람도 없는데. 설마 새론의 인력을 쓰겠다는 소리는 안 하겠지? 엄밀하게 말하면 새론 추심은 새론 로펌의 계열사이지 같은 회사가 아니야. 전혀 다른 거라고. 인력을 쓸 수는 없어."

"알아."

노형진은 눈물을 스윽 닦으면서 말했다.

"알면서 왜 그렇게 느긋한데? 당장 벌써 의뢰인들이 몰려오고 있다고."

"그래? 광고한 지 이틀밖에 안 되었잖아?"

"그렇지."

그러나 벌써 스무 명이 넘는 사람들이 맡기고 싶다는 의견을 내비쳤다.

"이제 사람을 뽑아야지."

"사람을?"

"응."

"어떤 사람을?"

"알바생."

"뭐라고? 알바생을 뽑겠다고?"

"응."

"아니, 그게 무슨 말도 안 되는……."

"걱정하지 마. 계획이 있으니까."

노형진은 자신이 있었다.

⚖️

아르바이트생을 뽑는 것은 어려운 일이 아니다.

개강을 한 시점이라 전보다 줄었다고는 하지만 아르바이트를 하고자 하는 사람이 없는 건 아니다.

등록금이 비싸다 보니 방학 때 버는 것만으로는 보충할 수가 없어서 아예 휴학하고 돈을 벌어서 복학하려고 하는 사람도 있기 때문이다.

특히 군대를 다녀온 남자들은 그런 생각을 대부분 한 번쯤은 한다, '돈을 벌어서 등록금이라도 보태자.'라는.

그러나 세상은 그렇게 호락호락한 게 아니다.

"인상이 참 좋으시네요."

"하하하."

송중만은 어색하게 웃었다.

그러나 그 웃음은 위협으로 보였다.

"칭찬으로도 그렇게 말하는 게 한계가 좀 있지요."

덩치도 있는 데다가 생긴 것도 우락부락한 그는 무려 의대 생이다.

의대는 등록금이 비싸기로 유명한 곳이라 일해서 돈을 벌어야 했다. 하지만 그는 산적처럼 생긴 그 외모 때문에 어디 가서도 아르바이트가 쉽지 않았다.

"아니요. 우리가 원하는 그 마스크입니다."

"네?"

송중만은 기가 막혔다.

솔직히 송중만은 아무리 좋게 말해도 잘생겼다는 말보다는 남자답다고 표현하는 게 맞는 얼굴과 몸집이다. 사실대로 말하면 그냥 현세의 산적 같은 모습이랄까?

"무태식 변호사님 동생 아니죠?"

오죽하면 손채림이 그를 보고 새론의 산적이라 불리는 무태식 변호사를 떠올렸을 정도다.

"그분이 누구신데요?"

"아, 아니에요."

"그나저나 1년 정도 일하고 싶다고요?"

"네. 돈을 벌어서 복학하고 싶어서요. 추심 회사가 좀 짭짤하다고 하더군요."

"짭짤하지요."

고개를 끄덕거리는 노형진.

"어디 한번 인상 좀 써 보시겠습니까?"

"네? 인상요?"

"네."

인상을 쓰는 송중만.

노형진은 그 표정을 보고 왠지 흡족한 표정을 지었다.

그러자 옆에 있던 손채림은 그에게 다른 요구를 했다.

"저기, 한번 웃어 보시겠어요?"

"네?"

"웃어 보세요."

"아, 네⋯⋯."

애써 미소를 보이는 송중만.

손채림은 그 모습을 보고 걱정스러운 표정으로 말했다.

"이건 놀리거나 무시하려고 하는 게 아니라 진짜 걱정되어서 하는 말인데, 산부인과는 가지 마세요."

"안 갑니다. 여자 동기들도 그 소리를 하더군요. 외과 지망입니다. 수술을 할 때는 환자는 마취하니까."

"허."

머쓱하게 웃는 송중만.

노형진은 왠지 그 모습이 안쓰러웠다. 외모 때문에 미래마저도 바꿔야 하다니.

개인적으로 비극이지만, 자신들에게는 상당히 이득이었다.

"고용하겠습니다."

"네? 이런 외모인데요?"

이 외모 때문에 대부분 거절당했던 그는 당황해서 물었다. 기대도 안 하고 왔는데 말이다.

"우리 회사는 뭐죠?"

"추심 회사죠……. 그러네요."

애초에 자신이 여기에 지원한 이유가 뭔가? 추심 회사면 도리어 자신 같은 외모가 더 먹힐 거라고 생각해서 아닌가?

그리고 실제로도 그런 것 같고 말이다.

'우우우…….'

그는 기분이 묘해졌다.

자리를 구했다는 기쁨과 자신의 얼굴에 대한 자괴감.

"걱정 마세요."

"네?"

"우리 새론의 무태식 변호사님은 우리 회사 최고 미인을 차지했습니다."

"그러니까 그분이 누구신데요?"

"새론의 산적이라고, 있습니다."

"엥?"

"나가면서 사진을 한번 보세요. 그리고 그분 옆에 붙어 있는 사진이 아내분입니다."

"헐."

"일단 출근은 부정기 출근이니까. 연락드리겠습니다."

그가 나가자 노형진은 씩 웃었다.

"왜 그런 말을 해?"

"틀린 말은 아니잖아?"

"그건 그렇지."

미녀와 야수, 산적과 공주, 납치범과 인질.

하여간 극단적 두 이미지의 두 사람이 결혼한 것도 신기할 노릇.

"그걸 보면 용기 좀 가지겠지."

"용기를 주는 방법이 참 요상하네."

"뭐 어때? 그래도 용기만 가진다면⋯⋯."

때마침 문이 벌컥 열리면서 누군가 들어왔다.

노형진은 혹시나 다른 후보가 있나 했지만 방금 나간 사람이 오늘 면접의 마지막이었다.

그래서 '누구지?' 하고 고개를 돌려서 바라보자 송정한과 고연미가 들어오는 게 보였다.

"노 변호사!"

"네?"

"자네, 이 작전이 정말인가?"

"진짜입니다만?"

어떤 서류를 들고 오고 있는 두 사람.

그건 노형진이 올린, 이번 소송에 관련된 서류였다.

그리고 그 서류를 받아 든 두 사람은 너무나 당황할 수밖에 없었다. 이런 건 들어 본 적도 없는 얘기였기 때문이다.

"이게 지금 말이 된다고 생각하나?"

"되죠. 법적으로 아무런 문제가 없지 않습니까?"

"그건 그렇지요…….."

고연미는 어이가 없다는 듯 말했다.

그녀가 경험이 많은 건 아니지만 그래도 법적인 과정에 대해서는 안다. 판례를 공부해야 하니까.

그런데 이런 건 진짜 생각도 못 했다.

"전 이런 생각은 하라고 해도 못 하겠어요."

"후후후."

"자네는 진짜…… 천재야!"

송정한은 기가 막히다는 듯 외쳤다.

이건 진짜 다른 변호사들은 생각도 못 할 방법이었다. 자신뿐만 아니라 그 누구도 말이다.

"원래 민사라는 게 한계는 없지 않습니까?"

"그건 그렇지."

민사는 정해진 규칙이 없다. 그저 법적으로 그게 맞느냐 안 맞느냐만 따진다.

그리고 충분히 가능한 추심행위다.

"이거…… 돈을 안 줄 수가 없겠는데요?"

고연미는 다시 한 번 그 계획서를 보면서 헛웃음을 웃었다.

"그게 목적이니까요. 그나저나 이제 사람도 뽑았으니 본격적으로 시작해 볼까요?"

"전에 말입니다."

"네?"

무태식 변호사는 왠지 기억이 난다는 듯 말했다.

"어떤 산적같이 생긴 놈이 갑자기 절 보고 '덕분에 용기를 얻었습니다. 감사합니다.' 그러던데, 아시는 거 있습니까?"

노형진은 씩 웃었다.

"글쎄요. 없는데요."

"이상하네? 노 변호사님한테 물어보면 알 거라던데요?"

순간 뜨끔한 노형진.

"뭐, 착각한 거겠지요."

"그런가요?"

무태식은 더 이상 그것에 대해 묻지는 않았다. 지금부터 해야 하는 일이 더 중요하기 때문이다.

"일단 이번 일에서 중요한 것은 법원에서 허가를 받아야 한다는 겁니다."

"압니다. 그래서 제가 따라온 거 아닙니까?"

"잘 기록해 주셔야 합니다. 이번 재판은 제가 나가지만 다음번에는 당사자가 직접 나가야 하니까요."

"그렇지요."

노형진의 말에 고개를 끄덕거리는 무태식 변호사.

사실 추심 업체는 소송을 대리할 수 없다. 그렇기 때문에 법적으로 소송을 하려고 한다면 당사자가 해야 한다.

문제는 노형진의 계획에 절대적으로 필요한 부분이 바로 소송이라는 것이다.

'소송이야 뭐, 할 만하니까.'

소송은 법원에 두어 번만 출석하면 된다. 그러니 충분히 개인이 할 수 있다.

의뢰를 하고자 하는 청년들에게 적당히 가르치면 그들도 할 수 있다.

문제는 그 후에 추심부터 압류 등 복잡한 과정을 그들이 버티지 못한다는 것이다.

일반적으로 압류는 짧게는 3개월, 길게는 1년도 걸리는데 그걸 일일이 신경 쓰지 못하니까.

더군다나 당장 등록금이 급한 학생들이 그렇게 기다릴 여유도 없고.

"이기세요. 판례가 중요합니다."

"걱정 마세요, 이길 테니."

노형진은 그렇게 말하면서 앞으로 나아갔다.

"다음 사건……."

판사의 호명에 앞으로 나선 노형진.

상대방 변호사는 노형진을 무슨 미친놈 바라보듯이 했다.

'역시 그렇군.'

노형진은 씁쓸하게 웃으면서 그를 바라보았다.

저 변호사를 쓰는 데 못해도 400만 원은 줬을 것이다. 그런데 자신들에게 부탁한 의뢰인이 요구한 체불임금은 360만 원. 당연히 주고도 남는 돈이다.

'결국 못 주겠다 이거지.'

노형진이 알아본 바에 따르면 저들은 상습적 체불을 하는 놈들이었다.

의뢰한 사람은 한 명이지만 그의 말에 따르면 자신을 비롯해서 무려 여섯 명이 받지 못하고 잘렸고, 그 돈은 1,500만 원이나 된다는 것이다.

이는 즉, 그들이 상습적으로 돈을 안 주고 배 째라고 버티는 놈들이라는 뜻.

그런 저들이 변호사를 산 이유는 간단하다. 체불한 임금을 다 지불하느니 변호사 선임비를 써서 버티는 게 훨씬 이득이라는 것.

'망할 새끼들.'

노형진은 고개를 돌려 방청석에서 자신을 바라보는 사장을 노려보았다.

한두 번 소송을 해 본 게 아니니 그냥 느긋하게 버티면 그만이라고 생각하는 게 뻔했다.

"변호인."

판사는 그런 행동에도 신경을 쓰지 않고 노형진을 불렀다.

"네, 판사님."

"내가 이 소장을 보면서 느끼는 건데, 이거 진짜 제대로 제출한 거 맞습니까?"

"맞습니다."

"이런 소송은 처음이라서 말이지요. 고용을 강제하는 소송이라니."

"엄밀하게 말하면 피고 측의 카운터에 대리인을 고용해 달라는 소송입니다."

"이런 소송은 본 적도 없습니다."

"뭐든 처음이라는 게 있는 법이지요."

노형진은 가볍게 말했다.

물론 상대방 변호사는 말도 안 된다는 얼굴이었다.

"재판장님, 이런 건 말도 안 되는 소리입니다. 고용에 관련된 부분은 사장의 개인적인 권한입니다."

상대방 변호사는 고용에 관련되어서는 개인적 권한이라고 일축했다.

"이건 고용에 관련된 것이 아닙니다. 고용이 아니라 추심에 관련된 부분이지요. 저희의 요구 사항은 간단합니다. 고소인의 대리인을 법적으로 카운터에 취업시켜 달라는 겁니다. 대리인은 당일 수익에 대하여 추심을 할 것입니다."

노형진의 계획. 그건 바로 추심을 하는 사람을 그들에게 강제 고용시키는 것이었다.

추심을 하는 직원을 카운터에 법적으로 박아 넣을 수만 있다면 그 당일에 벌어들이는 수익 전부를 추심해 가뿐하게 체불임금을 받아 올 수 있다.

가게마다 다르지만 일반적으로 어지간한 가게는 하루에 100만 원어치 정도는 파니까.

이번 사건의 경우 의뢰인의 말대로라면 하루면 300만 원의 체불임금을 바로 추심해 올 수 있다. 하루 300만 원 이상 파는 곳이라고 하니 말이다.

"흠……."

판사는 이런 청구는 처음이었기 때문에 약간은 당황했다.

"재판장님, 피고는 원고의 임금인 360만 원에 대해 무려 3개월째 지불하지 않고 있습니다. 수차례 지급을 요청하였지만 피고 측은 현재 자금 유동력이 부족하다는 이유로 계속 거부하고 있는 상황입니다."

"지금 자금 유동력이 없으니 어쩔 수 없습니다. 재판장님, 뼈를 깎는 고통을 겪고 있는 피고소인들의 처지를 생각해 주십시오."

뻔한 거짓말을 하는 상대방 변호사.

물론 그들이 자금 유동에 곤란을 겪는 것은 사실이다. 문제는 그 원인이다.

"자금이 없다는 부분에 대해서는 저희도 인정합니다. 문제는 그 원인입니다. 피고의 경우 사업적 자금 부족이 아니라 서초구에 8층짜리 건물을 구입한 것이 문제가 되었습니다."

"그 정도면 부족할 수도 있지요."

"그런데 웃긴 건, 바로 지난달에 시가 1억 3천짜리 수입 차를 샀다는 점입니다. 그 전에 타던 차량은 시가 8천짜리 수입 차였습니다. 사고 기록도, 고장 기록도 없습니다. 자금 부족을 겪는 사람이 개인 차량을 바꾸는 경우는 없습니다."

상대방 변호사는 입이 턱 막혔다. 몰랐다는 표정이었다.

'그렇지. 상황도 법만큼이나 중요하지.'

위법도 상황에 따라서는 선처받지만 반대로 상황에 따라 가중되기도 한다.

돈이 없어서 못 준다면 선처의 대상이지만 안 주려고 한다면 그건 가중의 대상이다.

'그리고 차를 산 걸 변호사에게 이야기해 줬을 리 없지.'

노형진은 피식하면서 변호사를 바라보았다.

아니나 다를까, 상대방 변호사는 당황해서 어쩔 줄 몰라 하는 표정이었다.

"상식적으로 돈이 없는 상황에서 문제도 없는 수입 차를 더 좋은 수입 차로 바꿀 여력이 있을까요? 그 전에 타던 차도 2년 6개월밖에 되지 않았는데?"

수입 차를 사는 사람들은 보통 보증기간이 끝날 때쯤 팔아버리고 새 차를 산다. 수리비가 워낙 많이 나오기 때문에 그러는 것이다.

"할부로 산다면야 개인도 충분히 살 수 있는 게 수입 차입니다."

말도 안 되는 소리다.

수입 차를 물론 개인도 얼마든지 살 수 있다. 하지만 그 할부금을 갚아 나가는 것은 전혀 다른 말이다.

보통 3년을 기간으로 잡는데, 1억 3천짜리 차라면 못해도 1년에 4,300만 원 이상 갚아야 한다. 즉, 어지간한 사람 연봉 이상을 줘야 한다는 소리다.

"그렇지요."

노형진은 그 말을 이해한다는 듯 고개를 끄덕거렸다.

"그런 부분에서 저는 확실한 증언이 필요하다고 생각합니다."

"확실한 증언?"

불안감에 되묻는 상대방 변호사.

"재판장님, 그 차량을 팔았던 딜러를 증인으로 요청합니다."

"이런 미친, 뭔 개소리야! 왜 그 새끼가 증인으로 나오는데!"

당황해서 본심이 나온 피고.

그는 벌떡 일어나서 소리를 질렀다가 사람들의 시선이 자신에게 쏠리자 아차 하는 표정이 되었다.

노형진은 고개를 돌려서 그를 바라보았다.

"누구신데 거기서 말씀하십니까? 여기는 신성한 법정입니다."

"전…… 그러니까…… 그건…… 좀 말도 안 되는 주장이라고 생각해서……."

"사건 당사자도 아니고 그렇다고 변호인도 아니신 방청객이 사건에 끼어들면 안 되죠? 이거 명백한 재판 진행 방해죄입니다. 안 그런가요?"

노형진이 빈정거리면서 말했다.

"그러니까……."

남자는 당황해서 어쩔 줄 몰라 했다.

그럴 수밖에 없는 게 그는 피고다. 그리고 재판정에는 피고석이 따로 있다.

'쪽팔린 건 안다는 뜻이지.'

원래 그는 피고석에 앉아서 재판을 받아야 정상이다. 그런데 방청석에서 모른 척하고 있었다.

아까 전에 출석했느냐는 질문에도 대답하지 않았다. 어차피 변호사만 출석해도 재판은 진행되기 때문이다.

'하지만 출석하지 않은 것과 출석했는데 모른 척한 건 전혀 다른 문제지.'

상대방 변호사는 그걸 보고 어쩔 줄 몰라 했다.

"그래서 본인은 누굽니까?"

판사도 의심이 가는지 노형진이 그를 공격하는 것을 말리지는 않았다.

피고와 원고의 사진이 올라오는 게 아니니 그가 누군지는 모르지만 노형진이 공격하는 걸 봐서는 아주 관련이 없어 보이지는 않았기 때문이다.

"제가 봐서는 이따가 나올 증인은 누군지 알 것 같은데요?"

"……."

"그래서 누구입니까? 재판장님, 관련되지 않은 자가 사건에 끼어드는 게 재판 진행 방해가 아니면 뭐겠습니까? 징계를 내려 주시기 바랍니다."

"누굽니까? 만일 말하지 않으면 정식으로 재판 진행 방해로 체포하겠습니다."

"전…… 사건 당사자입니다."

"당사자? 원고라는 건가요?"

"원고라면 제가 모르겠습니까, 재판장님?"

노형진은 히죽거리면서 말했다.

"그렇다면 피고소인이라는 뜻이지요. 안 그렇습니까? 그런데 아까 피고소인 출석 확인할 때 대답 안 하셨잖습니까? 변호사 대리 출석으로 재판을 속행한다고 들었습니다만?"

"……."

말을 하지 못하는 남자.

판사는 어이가 없다는 표정이 되었다.

"지금 나한테 거짓말을 한 겁니까?"

"아니, 거짓말을 했다기보다는……."

"피고소인, 당장 피고소인석으로 나오세요. 그리고 피고소인은 법정 모독으로 고발하겠습니다."

그는 어쩔 줄 몰라 하는 표정으로 변호사를 바라보았다.

그러나 변호사는 고개를 절레절레 흔들 뿐이었다.

'쯧쯧.'

의뢰인은 거짓말을 한다. 그걸 모른 그로서는 지금 상황이 당황스러울 수밖에 없다.

"재판을 속행하겠습니다."

결국은 법정 모독으로 처벌까지 받게 된 피고는 피고석에 앉아서 고개를 푹 숙였다.

"재판장님, 그러면 그 당시 차량을 판매했던 딜러를 증인으로 신청합니다."

"인정합니다."

앞으로 나오는 증인.

그리고 그 딜러를 무서운 눈빛으로 바라보는 피고.

'어쩔 건데?'

이미 그는 딜러 일을 그만둔 상태다. 그러니 무서울 게 없다.

계속한다면 모를까, 그에게 더 이상 팔아먹을 것도 없는데 말이다.

그리고 다시 돌아온다고 해도 고객 한 명 정도 잃는 건 그에게 아무 의미가 없다.

"그래서 증인 직업이 뭡니까?"

"자동차 딜러였습니다. 모 외국계 기업의 차량을 판매했습니다."

"현재는요?"

"현재는 퇴직한 상태입니다."

"왜 여기에서 나왔지요?"

"차량 구입 내역을 확인해 달라는 증언 요청을 받았습니다."

노형진의 질문에 차근차근 대답하는 딜러.

노형진은 그에게 제일 중요한 부분을 물었다.

"그러면 여기에 있는 사람 중에 차량을 구입한 사람이 있습니까?"

"네."

"누굽니까?"

"저기 피고석에 앉아 있는 사람입니다."

피고의 눈에서는 불똥이 튀었지만 증인은 담담했다.

차량을 팔다 보면 별 미친놈의 진상을 다 대하니 이 정도야 아무것도 아니다.

"그래서 피고가 얼마짜리 차량을 샀지요?"

"1억 3천짜리 차량을 샀습니다. 세금 포함 1억 5천 정도 들었습니다."

"비싸네요."

"최고 사양으로 풀 옵션이니까요."

"그래서 지불은 어떻게 했습니까?"

"일시불로 했습니다."

"일시불요?"

"네. 현금으로 했습니다."

노형진은 고개를 돌려서 피고를 바라보았다.

"피고, 왜 무려 1억 5천이나 하는 돈을 현금으로 냈습니까? 카드도 있는데요?"

"카드 한도는 1억 5천이 안 되어서……."

"그래도 계좌 이체가 있을 텐데요?"

"그게……."

'그게는 뭐가 그게야. 뻔하지.'

임금도 제대로 안 주는 녀석이 과연 세금이라고 제대로 낼까? 그럴 리 없다.

당연히 탈세해서 모은 돈으로 차를 산 것이 뻔했다.

"재판장님, 이 부분은 솔직히 탈세가 의심됩니다. 현금으로 1억 5천짜리 차를 사는 사람은 드물지요."

"흠…… 그 사건은 따로 조사해 보도록 고발 조치하지요."

와락 얼굴을 찡그리는 피고.

'왜 이리 약한 모습을 보이실까? 후후후.'

"재판장님! 이건 이번 사건과 아무런 관련이 없는 정보입니다!"

상대방 변호사는 당황해서 어떻게 해서든 고발을 막으려고 했다.

그러나 이미 한번 거짓말을 들켰으니 믿음은 완전히 박살이 난 상황.

"이번 사건과 관련이 없지만 혐의가 의심되는 것은 맞습니다. 조사를 하면 나오겠지요. 조사하라고 고발하는 겁니다."

"크윽……."

피고의 얼굴은 사색이 되었다.

당장 1억 5천의 탈세가 드러날 정도면 못해도 3억 이상은 탈세했다는 소리인데, 그렇다면 원래 세금과 벌금과 그리고 탈세한 경우 더 요구되는 금액까지 합하면 적지 않은 금액이 되기 때문이다.

못해도 몇억이 날아간다.

'이럴 줄 알았다.'

구조적으로 임금 체불은 단순히 직원에게 월급을 주지 않는 것만이 아니라 월급과 관련되어서 나가야 하는 세금 역시 주지 않는 구조로 되어 있기 때문에 자연스럽게 탈세가 따라오게 되어 있다.

가령 300만 원 정도 월급을 줘야 한다고 하면 그중에서 원천적으로 나가는 세금이 못해도 50만 원은 된다. 거기에 4대 보험이 포함되면 당연히 나가는 돈도 많다.

문제는 월급을 안 주면 그것 역시 내지 않는다는 것.

그리고 그건 명백하게 탈세가 된다.

대부분의 상습 임금 체불을 하는 녀석들은 그것 말고도 다른 것을 상당히 많이 안 내는 편이다.

"하지만 재판장님!"

"피고 측 변호인, 방금 피고 측 변호인이 말했지요? 이건 개별적으로 다른 사건이라고요. 고발하면 그쪽에서 변론을 하세요. 여기서 변론을 하지 말고."

"……."

노형진의 말에 그는 할 말이 없었다.

틀린 말이 아니다.

자신이 다른 사건이라고 한 이상 자신도 여기서 탈세에 대해 언급하면서 고발을 막아서는 안 된다.

"아니면 여기서 탈세 조사를 막아야 하는 필사적인 이유라도 있습니까?"

"……."

노형진의 이죽거림.

피고 측 변호사는 한 대 때려 주고 싶다는 얼굴로 노형진을 바라보았지만 그의 말이 틀린 것은 아니기 때문에 뭐라고 할 수가 없었다.

"제 질문은 여기까지 하겠습니다. 피고 측도 그러면 질문하세요."

"질문 없습니다."

노형진은 마치 인심을 쓰는 듯이 뒤로 물러났다.

이제 증인에게 질문을 해도 된다는 의미지만, 무슨 질문을 하란 말인가? 증거가 이렇게 명확한데.

"증인은 들어가도 좋습니다."

판사는 증인을 안으로 들여보냈다.

"재판장님, 확실히 피고가 실수로 계산을 잘못해서 차를 산 것은 맞습니다. 하지만 그건 어디까지나 사업적으로 필요한 차량이다 보니……."

"고급 승용차가 사업적으로 필요한 건 아니죠."

"사람을 만난다는 것은 생각보다 힘든 일입니다. 사회적으로 영향력 있는 사람들이 왜 다들 좋은 차를 타는지 생각을 해 보세요."

"그게 허례허식이라는 겁니다."

"아직 사회적으로 영향력이 없는 젊은 변호사이다 보니 모르겠지만……."

"재판장님, 지금 상대방 변호사는 원고 측 변호사인 본인에 대해 모욕을 하고 있습니다."

"인정합니다. 피고 측 변호인, 사회적 지위는 이 자리에서 아무런 관련이 없습니다."

아차 하는 표정으로 입을 다무는 변호사.

그런 그를 보면서 판사가 갑자기 싱긋 웃었다.

딱 봐도 그가 노형진에 대해 모르는 게 뻔해 보였기 때문이다.

'안 봐도 비디오네.'

보아하니 이 사건을 만만하게 보고 제대로 준비도 안 하고 나온 녀석이 분명했다.

얼마 안 되는 사건이니 그냥 소장 한번 읽어 보고 증거 한 번 살펴보고 나온 것이다. 그러니 상대방 변호사가 누군지 알아보지도 않았을 테고.

"그리고 피고 측 변호인은 사회적으로 상당한 자리에 있습니다."

"네? 그게 무슨?"

당황한 얼굴이 되는 상대방.

아무리 봐도 20대의 젊은 변호사다. 그런데 사회적으로 중요한 자리에 있다니?

"그건 나중에 알아보세요. 현재 사건에 집중하시고요."

"아, 네, 네, 네……."

'네, 네.'라고 대답했지만 당장 변론할 만한 게 없었다.

제대로 준비해도 노형진에게 이길 만한 게 없는데 준비도 안 하고 왔으니…….

"재판장님, 이건 현행법상 채권을 제3자에게 공개해서는 안 된다는 현행법 위반입니다."

"저희는 제3자에게 말할 생각이 없는데요?"

"상식적으로 채권을 가진 사람이 카운터에 서서 그걸 받는다는 것 자체가 공개 아닙니까?"

"재판장님, 피고 측 변호사의 주장은 말도 안 됩니다. 카운터 직원이 돈을 받을 때 '이 돈은 변제에 쓰입니다.', '이 돈은 운영비로 쓰입니다.'라고 말하면서 받나요? 카운터에서 돈을 받는 사람은 돈만 받을 뿐입니다. 그걸 신경 쓰는 고객은 없습니다."

"흠…… 확실히 그렇지요. 그 돈으로 뭐 하는지 궁금해하는 사람은 없지요."

"하물며 채권자인 원고가 대리인을 보낼 때 그걸 표시해 달라고 할 이유도 없고요."

즉, 상대방은 계산을 할 뿐, 채권으로 인한 압류라고는 생각하지 못한다는 것이다.

"하지만 일몰 이후에 찾아가지 말라는 현행법 위반입니다."

"그러면 저희가 일몰 이후에 퇴근하면 됩니다."

"뭐라고요?"

"어차피 법적으로 채권 회수에 들어간 돈은 피고가 내야 합니다. 그러니까 대리인이 하루 이틀 더 출근하면 됩니다. 그 돈은 그쪽에서 낼 일이니까요. 재판장님, 필요하다면 계약서를 쓰도록 하겠습니다. 저녁 6시 이후에는 카운터에서 돈을 받는 직원을 퇴근시키도록 하는 걸로요."

그렇게 되면 일몰 이후에 찾아가는 게 아니다. 그러니 그것도 합법이다.

"직장으로 찾아가서 채권을 공개하는 것을 불법입니다."

"그러니까 근무처를 카운터로 못 박아 둔 겁니다. 업무 종료 후 시재를 맞추고 계산하는 것은 사장 본인의 업무이지 다른 사람이 하는 게 아니지 않습니까? 카운터 근무자가 다른 사람에게 압류 업무 중이라는 걸 굳이 알릴 필요는 없지요."

천연덕스럽게 말하는 노형진.

맞는 말이다.

카운터 근무자가 왜 출근했는지 다른 사람들이 궁금해할 이유는 없다. 그냥 자기 일만 하면 된다.

"최소 운영비는 압류하면 사회적으로 기업의 운영이 불가능합니다."

"최소 운영비치고는 많네요. 피고 측의 말에 따르면, 하루 매출량을 기준으로 하루면 피고의 체불임금을 전부 수납하고도 남을 거라고 하던데요? 그리고 보니 최저 생계비 보장 금액이 150만 원이던가요?"

법적으로 150만 원 이하의 생계는 압류할 수가 없다. 만일 그것마저 압류하면 굶어 죽으라는 소리이기 때문이다.

문제는 기업이 그 기준에 맞을 리 없다는 것.

"재판장님, 채권을 압류하는 압류자의 존재 자체가 채권자에게는 폭행이나 마찬가지입니다."

결국 모든 방어가 막혀 버리자 상대방 변호사는 될 대로 되라는 얼굴로 마구 던지기 시작했다.

"말도 안 되죠. 채권자의 존재 자체가 폭행이라고 한다면 누구도 돈을 받으러 갈 수는 없습니다. 그 사람에게 다가가는 순간 폭행이 성립되니까요."

판사는 상당히 재미있다는 표정으로 양측의 주장을 들었다.

"재미있는 사건이기는 하지만……."

노형진의 말대로 채권을 추심하는 사람을 강제로 고용하게 하는 것은 불법이 아니다.

엄밀하게 말하면 월급에 대해 압류를 거는 것과 마찬가지인 셈이다.

더군다나 그 돈을 무조건 빼앗아 가는 것도 아니고 적당히 타협해서 그중 일정 부분을 가지고 가는 것이니까 문제는 안 된다.

"재판장님, 저희는 하루에 100만 원씩만 가져가면 됩니다. 그러면 나흘이면 변제할 수 있으며, 나머지 200만 원이면 상대방이 다음 날의 업무를 준비하는 데 충분한 돈입니다."

"상시 대기하면서 변제를 압박하는 건 불법입니다!"

확실히 그렇기는 하다. 매일같이 찾아가 눈앞에서 알짱거리면서 괴롭히는 것은 불법이다.

그러나…….

"그래서 고용해 달라는 거 아닙니까? 일을 하지 않겠다는 것이 아니라 일을 하면서 투명하게 그중 일부를 가지고 옴으로써 채권을 상계하겠다는 것입니다. 식당에서 돈 못 내면 설거지를 시키듯이 말입니다."

"설거지치고는 스케일이 너무 크기는 합니다만."

"차라리 자산을 압류하세요!"

"그러고 싶은데요, 이미 자산은 가압류 상태입니다."

상습 임금 체불을 하다 보면 압류가 빈번하게 들어온다. 그리고 진짜 빡친 누군가가 진짜로 압류를 걸어 버리면 여러 모로 곤란해진다.

그걸 막기 위해 그들은 꼼수를 쓴 것이다.

'잔머리 참……'

그들은 돈이 될 만한 물건에 먼저 가짜 가압류를 걸어 놨다.

이 경우 먼저 가압류를 걸어 둔 사람이 우선권이 있기 때문에 뒤에 건 사람들은 의미가 없었다.

'장난하는 것도 아니고 말이지.'

그런 식으로 몇 년간 월급을 안 주면서 버틴 것이다.

그러니 다른 사람들도 압류를 걸려다가 실패하고 받아 가지 못하는 거고.

'하지만 돈은 아니지.'

매일같이 들어오는 돈을 채권을 걸 수는 없다. 거기에다가 직원으로 상주시킨다는 데야.

"이건 절도입니다."

"절도가 아니라 채권 추심 상황이지요."

노형진은 확실하게 선을 그었다.

이렇게까지 하지 않으면 저들은 절대로 돈을 주지 않을 테니까.

"양측 다 더 이상 할 말은 없지요?"

그렇게 한참을 논쟁하고 나자 판사는 결심한 듯했다.

"추가적인 증거 제출이 없으면 다음 주에 결심하겠습니다."

판사의 말에 상대방 변호사는 얼굴이 어두워질 수밖에 없었다. 스스로도 자신이 졌다는 것을 인정할 수밖에 없었던 싸움이니까.

그걸 본 피고는 상황을 이해하지 못한 채로 슬쩍슬쩍 판사의 눈치만 볼 뿐이었다.

⚖

"역시나."

아니나 다를까, 노형진의 예상대로 강제로 고용하도록 법원이 명령을 내렸다.

피고는 원고의 대리인을 채권을 수령하기 위하여 아침 9시부터 저녁 6시까지 고용하여야 한다. 일일 채권 수령의 한도는 100만 원이며……

이것이 법이다

날아온 판결문을 보면서 다들 미소를 지었다.

노형진의 예상대로 강제로 고용하도록 법원이 결정한 것이다.

"이건 진짜로 돈이 없는 사람이라면 어쩔 수 없지만 상습 체납자라면 못 벗어나겠군."

"그렇겠지요."

진짜로 장사가 안되어서 돈이 없는 사람들은 대리인이 카운터에서 본다고 해서 돈이 나오는 게 아니다. 그러니 별수 없다.

하지만 돈이 있는데 없는 안 주는 상습적인 업주들에게는 상당히 무서운 판결이다.

즉, 팔리면 팔리는 대로 대리인이 다 알고 가지고 갈 수밖에 없는 구조이기 때문이다.

"아마도 저들은 등골이 오싹할 겁니다."

"오싹하겠지."

지금쯤 그들도 이 판결문을 받았을 것이다. 그리고 억울하다고 질질 짜고 있을 게 뻔하다. 아니면 똥 밟았다고 하든가 말이다.

"하지만 이게 시작이라고는 생각도 못 하고 있겠지요, 후후후."

⚖

"안녕하세요. 새론채권신용정보에서 나왔습니다."

커다란 덩치를 끌고 나타난 노형진을 보고 사장은 기가 막혀서 말이 안 나왔다.

"뭐야, 이 새끼는?"

"이 새끼라니요. 추심 업체 직원입니다만?"

"추심 업체? 대리인이 올 거라면서?"

"그래서 추심 업체에서 나온 겁니다. 뭐가 잘못되었나요?"

"산적이 아니고?"

생긴 걸 봐서는 진짜 어디서 당장 사람 때려잡아도 의심하지 않을 것같이, 산적처럼 생긴 녀석들 데리고 오다니.

"이런 녀석을 카운터로 쓰겠다고?"

"네."

"미쳤어?"

카운터는 가게의 입장에서는 얼굴이나 마찬가지다.

가게 입구에 서서 손님을 받는 곳 그리고 마지막 계산을 하는 곳.

작은 곳은 직원 중 일부가 틈이 나면 하지만 이곳은 카운터에 따로 직원을 둬야 한다.

"싫어요? 그러면 별수 없이 경찰 부르고 정식으로 배상금 청구하겠습니다. 그러면 기한 늘어나는 거 아시죠?"

"끄응……."

만일 고용을 거절하면 매일 10만 원의 이행강제금이 부과된다.

그럴수록 추심 업체 직원을 고용해야 하는 기간이 길어지기 때문에 사장은 울며 겨자 먹기로 노형진이 데리고 온 사람을 쓸 수밖에 없었다.

"최소한 예쁜 사람을 써 달라고. 이 산적 말고."

　가게 콘셉트 자체가 여자들이 좋아하는 '블링블링한 이미지'로 되어 있다. 그런데 산적이 떡하니 입구에 앉아 있으니…….

　'이건 그냥 입구 지키는 떡대잖아.'

　식당이라기보다는 무슨 보물을 찾으러 보초를 넘어가는 기분.

"더군다나 옷 꼴이 이게 뭐야?"

"정장입니다만?"

　송중만은 히죽거리면서 말했다.

　물론 정장은 맞다. 문제는 장례식장에서 입는 검은색 정장이라는 것.

　이건 누가 봐도 조폭이다.

"정장이 이것밖에 없어서요."

"으으으……."

　사장은 패닉에 빠진 얼굴이었다.

"다른 놈으로 바꿔 줘, 제발."

"아, 그러면 임금이 뛰는데요?"

"뭐?"

"이 남자분은 일당 10만 원, 여자분은 일당 20만 원. 예쁜 여자는 일당 30만 원."

"뭔 개소리야!"

"우리는 임금도 옵션으로 넣습니다."

"이런 개 같은……."

압류에 들어가는 돈도 자신이 내야 하니, 예쁜 여자를 데리고 오면 결국 나가야 하는 돈이 늘어난다는 소리다.

"아, 씨발……."

사장은 죽을 것 같은 얼굴이 되었다.

당장 법정 모독으로 벌금도 내야 하고 탈세에 대한 부분을 감추느라 적지 않은 뇌물도 써야 해서 가능하면 버티고 싶었다.

그런데 끌고 온 녀석을 보니 진짜 본격적으로 해 보려는 속셈인 듯했다.

'설마 우리가 물러날 거라 생각한 거야? 바보 아냐?'

저 녀석이 저러는 이유는 간단하다. 이런 경우 대부분의 사람들이 본격적인 추심에는 들어가지 않기 때문이다.

귀찮으니까. 그리고 바쁘니까 어쩔 수 없이 포기하게 된다.

'하지만 우리는 추심 업체인데?'

어차피 일당직으로 고용하는 곳이나 자신들은 부담이 없다. 그냥 가서 돈을 받아 가면 그만이다.

"아무래도 영 아니죠?"

히죽 웃은 송중만.

그는 주변을 두리번거리다가 구석에 걸려 있는 앞치마를

가지고 왔다.

"여기 직원들은 이게 표준 복장인가 본데요?"

주섬주섬 블링블링한 하트가 가득 그려진 분홍색 앞치마를 목에 걸치는 송중만. 그리고 그 모습은 차마…….

"푸훗……."

노형진이라고 해도 버티지 못할 정도였다.

"푸하하하! 크하하하!"

그걸 보고 신나게 웃는 노형진.

하지만 이런 녀석이 손님을 받을 걸 생각하니 얼굴이 사색이 되는 사장.

결국 그는 두 손 두 발 다 들 수밖에 없었다.

"에잇! 더러워! 준다! 줘!"

그는 주머니에서 뭔가를 꺼내서 던졌다. 수표였다.

'역시나.'

돈이 없어서 못 준 게 아니라 주고 싶지 않아서 버텼다는 뜻이다.

아마도 대리인이라고 해서 기존 알바생의 친구 같은 사람이 올 거라 생각했을 것이다. 그러니 적당히 협박하면서 안 주려고 했겠지.

"가지고 가! 꺼져!"

"저기, 일당 10만 원 빠졌는데요."

"뭐?"

"여기까지 온 이상 일단 일당은 계산하셔야 합니다."

"에이, 씨발 놈!"

결국 10만 원짜리 수표까지 추가로 던지고 마는 사장.

차마 이 거대한 산적을 카운터에 세울 수는 없었던 것이다.

"수금 완료."

그걸 받아 든 노형진은 씩 웃었다.

"그러면 다음 주에 뵙겠습니다."

"뭐라고? 다 줬잖아, 이 개자식들아! 근데 왜 또 오는데!"

"아, 모르셨구나. 그쪽에서 못 받은 직원 스무 명이 저희 쪽에 의뢰를 해서요."

사장은 얼굴이 사색이 되어 무너졌다.

⚖

"난리네, 난리."

새론이라는 이름은 상습 체납 업자들에게는 악몽 그 자체가 되기 시작했다.

소송을 해서 매출 전부를 털어 가는 전략은 그들이 가장 두려워하는 방식이기 때문이다.

"고의적으로 체납하는 자들은 결국은 줄 생각이 없지."

노형진은 늘어나는 신청서를 보면서 한숨을 쉬며 말했다.

"그건 그래. 몇 군데를 돌아봤는데 진짜 미안해하는 곳은 한 군데도 없는 것 같아."

"맞아. 그곳에서 일하는 사람들은 대부분 그 가게가 얼마나 버는지 알아. 그러니 그 돈을 받는 방식도 알지."

진짜로 그 가게가 장사가 안되어서 나온 거라면 대부분의 사람들은 기다려 준다.

하지만 일을 하다 보면 그 가게가 장사가 안되는지 잘되는지 알 수가 있다.

그리고 잘되는데도 돈이 없다는 이유로 안 주는 곳들의 피해자들이 점점 새론으로 몰려들기 시작한 것이다.

"이제 상습 체납 업자들 사라질까?"

인터넷을 보던 손채림은 씁쓸하게 말했다.

그녀가 들어가 있던 사이트는 소상공인 협동 카페다. 그러나 말이 소상공인 협동 카페지, 사실상 체납 방법과 주지 않기 위해 싸우는 방법을 공유하는 곳이었다.

그곳에는 새론에 대한 욕이 가득했다.

"글쎄, 인간이라는 게……."

노형진도 확신할 수는 없었다.

불법에 대한 인간의 열망은 대단하다. 남에게 피해를 주더라도 자신의 이익을 챙기려고 하는 작자들은 넘쳐 난다.

그리고 그런 자들은 정당한 대가를 주지 않으려고 한다.

"그때는 다른 방법을 찾겠지."

저들은 이미 변호사를 고용해서 노형진의 방식에 대항하

기 위한 방법을 찾고 있었다.

그렇다면 그때는 노형진이 또 다른 방법을 찾으면 그만이다.

"선과 악의 싸움은 영원하니까."

"거참, 거창하네. 학생들은 그냥 알바비만 받고 싶은 것뿐인데."

"원래 그래."

거창한 대의를 가지는 것은 일부고, 그의 희생이 세상을 바꾼다.

"그런 의미에서 새로 알바를 구해야겠네."

받아 달라는 가게는 많고 추심을 하기 위한 인원은 부족했다.

"알바를 위한 알바네."

"큭. 알바의, 알바를 위한, 알바에 의한 알바인가?"

두 사람은 모니터에 떠 있는, 분노하는 사람들의 글을 보면서 왠지 씁쓸하게 웃을 수밖에 없었다.

잠자는 사자의 코털을 건드리다

노형진이 유명한 분야는 두 가지가 있다.

하나는 법조계.

변호사라는 직업상 일반인들은 그다지 모르지만 법조계에
대해 조금만 관심이 있는 사람이라면 노형진에 대해 넌지시
라도 들어 본 적이 있다.

그리고 다른 한 분야는 본명보다는 '미다스'라는 별명으로
불리는 투자계 쪽.

사실 돈이 되는 것은 그쪽이다.

그러나 노형진은 언제나 변호사로서의 자신을 우선시했기
때문에 투자는 신경을 쓰지 않는 편이다.

물론 자신이 기억하는 확실한 노다지야 직접 투자하라고

이야기하지만 일반적으로는 미국에 있는 카우보이 자산 관리에 일을 맡기는 편이다.

그래서 그쪽 일이 노형진에게 큰 영향을 주지는 않지만, 가끔은 그쪽 일이 노형진의 인생에 아예 끼어들곤 했다.

"협박요?"

노형진은 화상전화 프로그램 너머로 보이는 남자의 말에 얼굴을 찌푸렸다.

─그렇습니다. 물론 아무것도 아닐 수 있지만 마스터가 한국에 있는 이상 그냥 넘어가서는 안 될 거라 생각해서 이렇게 전화드리는 겁니다.

로버트 웰슨은 약간은 우려된다는 표정으로 말을 꺼냈다.

"한국인이었나요?"

─그렇습니다. 투자를 철회하지 않으면 보복하겠다고 했습니다.

"흠……."

노형진은 얼굴을 찌푸렸다.

과거 자신의 돈을 노리고 정부에서 공작을 한 적이 있다. 그때 미국 정부의 도움을 받아서, 정확하게는 그들을 도와주는 대가로 자신의 개인 정보를 감췄다.

그 후 로버트 웰슨과 그의 회사는 그의 개인 정보를 상당히 심각하게 보호하고 있었다. 그런데 협박이라니.

"저에게 온 겁니까, 아니면 투자에 대한 불만인 겁니까?"

-투자에 대한 불만입니다만, 필요한 경우 보복도 불사하
겠다는 의사를 밝혀 왔습니다.

"보복이라……."

투자회사에 적이 없다면 그건 거짓말일 것이다.

하지만 그건 어디까지나 경제적 라이벌의 개념이지, 협박
할 정도의 개인적 원한은 아니다.

투자를 하든가 안 하든가 그건 철저하게 기밀이고, 투자
완료 전까지는 절대 새어 나가지 않는 정보니까.

'하물며 투자를 철회하라고?'

투자하지 않으면 죽이겠다고 하는 것도 아니고 투자를 철
회하라니.

"협박 대상이 누구입니까?"

　-한국에 있는 '창조'라는 영화사입니다.

"창조? 창조면 제가 투자하라고 개별 지시한 곳 아닙니까?"

　-맞습니다. 그래서 연락드린 겁니다. 저희가 투자한 곳이
라면 공격이 저희를 향하겠지만 마스터가 투자 지시를 내린
곳이고 한국에서 협박이 왔는데 마스터는 한국에 있으니 마
스터에 대한 공격이 있을 수도 있으니까요.

"아니, 왜……?"

창조는 영화 회사다.

아직은 작은 곳이지만 성장 가능성이 높은 곳이기도 하다.
그래서 투자했다.

그리고…….

"왠지 알 것 같군요."

－원인을 아신단 말씀입니까?

"그렇습니다. 그리고 협박한 게 누구인지도요."

－네? 그러면 마스터와 관련이 있는 자라는 뜻인데, 위험하지 않으시겠습니까?

로버트는 상당히 걱정했다.

그럴 수밖에 없는 것이, 노형진의 말대로라면 상대방은 노형진에 대해 잘 알고 있다는 뜻이 되기 때문이다.

하지만 노형진은 고개를 흔들었다.

"아닙니다. 그쪽은 절 잘 모를 겁니다. 저야 그쪽을 잘 알지만 말입니다."

－그런가요?

"네."

노형진이 창조라는 영화사에 투자하게 된 이유는 간단하다.

'집단 강간 사건.'

특정 지역에서 벌어진 집단 강간 사건.

노형진이 그 당시에 끼어들어서 해결했던 사건, 아니 정확하게는 새론이 끼어들어서 피해자를 보호했던 사건이다.

'해결한 건 아니지.'

그럴 수밖에 없는 게, 공식 가해자만 마흔네 명이고 증언으로는 예순 명이 더 있다고 했지만 그들에 대한 처벌은 전혀 이루어지지 않았기 때문이다.

공식 가해자 마흔네 명 중 전과를 단 녀석은 단 한 명도 없었고 추가로 알려진 육십여 명에 대해서는 아예 조사조차 하지 않았다.

마치 그 지역 자체가 그 뒤에서 누군가를 보호하기 위해 결사적으로 저항하듯 경찰, 검찰, 판사까지 똘똘 뭉쳐서 조작하고 은폐했던 사건.

'결국 우리가 할 수 있는 건 피해자를 보호하는 것뿐이었지.'

원래 역사에서는 철저하게 망가지는 피해자의 인생을 감추고 보호하면서 그들의 공격에서 방어하는 것.

그게 새론이 할 수 있는 전부였다.

새론은 그 당시 그다지 힘이 있는 상태가 아니었으니까.

그리고 창조는 그 당시 사건을 가지고 영화를 만드는 영화사였다.

'그리고 그 영화가 대박이 나지.'

노형진은 그렇게 생각하면서 턱을 문질렀다.

'그런데 협박이라⋯⋯.'

협박이라는 것은 결국 그로 인해 이득을 보는 자가 하게 되어 있다.

그리고 그 생각을 하자 노형진은 눈을 찡그러트렸다.

'하긴, 반성이라는 게 없는 새끼들이었지.'

재판이 끝난 후 그들이 노형진에게 한 말은, 언젠가 보복하겠다는 것이었다.

그래서 노형진은 피해자 가족들을 완전히 다른 곳으로 이주시켜야 했다. 그들은 그럴 힘이 있는 자들이었고, 한 지역 전부가 그에 동조하는 상황이었으니까.

-어떻게 할까요? 경호 팀이라도 보낼까요?

"경호 팀이라면 한국에도 있습니다. 그리고 이건 근본적인 문제를 해결하지 않으면 안 되는 일이라서요."

-근본적인 문제라 하시면?

"그런 게 있습니다."

노형진은 그렇게 말하면서 달력을 바라보았다.

그 당시 형사에서 제대로 한 것이 없었다. 다들 민사까지 가기를 원했지만 노형진은 계획이 있었고, 그 때문에 민사까지는 가지 않았다.

'슬슬 시간이 된 건가?'

이 정도로 시간이 지났으면 이제 자신의 계획을 실행해도 될 시점이다.

더군다나 반성이라도 했으면 유예라도 해 볼 텐데 대놓고 협박하고 다니는 거 보면 반성은커녕 도리어 재수 없어서 걸렸다는 범죄자들의 흔한 생각을 하고 있을 가능성이 높았다.

"이 문제는 제가 해결하도록 하지요. 혹시 녹음 파일 있습니까?"

-네.

"일단 보내 주세요. 그 녀석이 누군지 알아야 하니까요."

노형진은 그렇게 말하고 전화를 끊었다.

화면은 꺼졌지만 노형진의 눈은 여느 때보다 환했다.

"군자의 복수는 10년도 이르다고 했지, 후후후."

"흠……."

송정한은 녹음된 내역을 들으면서 심각한 얼굴이 되었다.

"협박이라니 미쳤구먼. 하긴, 그때도 제정신은 아닌 것 같았지."

질려 버렸다는 듯 고개를 절레절레 흔드는 송정한.

그도 그 사건을 기억하고 있었다. 새론이 언론을 대대적으로 탄 사건이 아니던가?

그 사건을 기준으로 새론이 급속도로 성장했으니 기억할만도 했다.

"자네를 노린 건가?"

"정확하게는 영화를 노린 것 같습니다."

노형진은 그렇게 말하면서 이성윤을 바라보았다.

그 시선을 받은 이성윤은 당황스러운 얼굴이 되었다.

그는 영화사의 사장이고 이번 영화를 기획한 사람이었다. 그런데 난데없이 자신의 영화에 투자한 사람에게서 여기로

와 달라는 부탁을 받아서 다급하게 온 것이다.

투자라도 철회하려는 줄 알았다. 그런데 이건 어떤 면에서는 그것보다 더 골치 아프다.

"설마…… 투자자한테까지 할 줄은 몰랐습니다. 죄송합니다. 원하시면 돈은 바로 돌려 드리겠습니다."

그는 미안한 얼굴로 말했다.

보아하니 그 역시 협박을 받고 있는 모양이었다.

어쩐지 웬일로 미국에 있는 기업에서 자신들에게 투자를 한다 싶더니 한국인이 투자자였을 줄이야.

그런 그가 위협받으면 상황이 달라지기 때문에 무시할 수가 없었다.

그러나 노형진이 그 정도로 물러날 사람은 아니었다.

"아닙니다. 이 정도 협박에 제가 굴할 거라면 변호사 못 하지요. 하지만 이 사건에 대해 좀 알아야겠습니다."

"하아, 뭐 알려 드리고 자시고 할 것도 없습니다. 말 그대로 협박을 받고 있습니다. 이 영화를 만들지 말라고요."

"그래요?"

"네. 하지만 투자자들에게까지 그러고 있는 줄은 몰랐습니다. 저희한테만 그러는 줄 알고……. 죄송합니다, 하아……."

이성윤은 한숨을 쉬었다.

처음 영화를 만들려고 할 때 좋은 소재라고 하던 사람도 갑자기 말을 바꿔서 투자를 철회했다. 그래서 지금까지 돈이 없어서 죽을 맛이었다.

그러던 중에 노형진이 끼어든 것이다.

만일 노형진이 없었다면 영화를 접어야 했을지도 모른다.

'아무래도 내가 끼어들지 몰랐던 모양이군.'

노형진은 기본적으로 해외투자를 선호한다.

투자회사가 미국계인 것도 있지만, 대박이 났을 때 수익률이 훨씬 나은 편이기 때문이다.

그러니 상대방은 자신이 투자하는 것을 몰랐을 수도 있다. 감시 대상이 아니니까.

'그나저나 협박이라……. 간땡이가 부었군.'

자신이 연관되지 않았다면 아마도 영화는 상당히 늦게 나오거나 안 나왔을 것이다.

역사적으로도 원래 영화는 2년쯤 더 있다가 나왔다. 아마도 그 원인은 이 협박 때문일 것이다.

'그렇게 나온다면야.'

노형진은 이번 사건을 그냥 넘어갈 생각이 없었다.

이건 단순히 자신에 대한 도발이 아니라 사회에 대한 도발이다. 그리고 자신의 의뢰인들에 대한 도발이기도 하고 말이다.

그렇다면 변호사인 자신이 당연히 대응해야 한다.

"자세한 이야기를 좀 해 보십시오."

"사실은 영화를 만들기 시작하면서 시작된 일입니다."

처음에는 그저 협박 편지 정도였다고 한다. 하지만 요즘은 협박 전화뿐만 아니라 이성윤의 집에 테러가 가해지기도 했다.

집에 돌이 날아들고 붉은 페인트가 칠해지거나 차의 창문이 다 깨진 채로 발견되기도 했다.

"영화라······. 아니, 왜?"

송정한은 이해를 못 하겠다는 얼굴이 되었다.

도대체 왜 영화 제작을 반대한단 말인가?

영화는 영화일 뿐이다.

"뻔하죠. 켕기는 겁니다."

"켕긴다?"

"네. 이 영화가 상영되면 무슨 일이 벌어지겠습니까?"

"그거야······."

영화화된 다른 사건들에 어떤 일이 일어났는가를 생각한다면, 마찬가지로 사건이 재조명될 것이다.

"그 당시에도 제대로 된 처벌을 받지 못해서 말이 많았습니다. 심지어 2심으로 넘어가면서 대부분이 풀려났죠. 제대로 감옥에 간 녀석들이 얼마나 됩니까?"

"없지."

그 당시 공식 가해자만 마흔네 명인데 그중 전과 기록이 남은 사람은 단 한 명도 없었다. 단 한 명도 말이다.

그리고 진술에 나온 추가적인 가해자들은 아예 조사도 되지 않았다.

심지어 가해자 중 열세 명은 훈방 조치되었다.

학교에서도 집단 강간범들에게 내려진 최고의 징계는 근신 사흘이었다.

그 당시 그 지역이 똘똘 뭉쳐서 사건을 은폐하고 감춘 것이다.

"이런 영화는 사건 당시의 가해자들과 지역사회에 상당한 압력이 됩니다. 특히나 가해자들이 사회에 나가야 하는 시점이라면 더욱 타격이 크지요."

"흠……."

송정한은 심각한 얼굴이 되었다.

사회적으로 한 지역의 정신이라고 해야 하나? 사회적인 분위기가 바뀌는 것은 쉬운 일이 아니다.

특히나 젊은 사람들의 유입이 없는 시골의 경우는 더더욱 경직되어 있다.

"그러면 이 협박범은 해당 지역 사람이라는 건가?"

"아마도 가해자나 가해자 가족 중 한 명일 가능성이 높지요. 최소한 지역에서 그들과 선이 닿아 있는 녀석일 겁니다. 전혀 상관없는 사건에 협박까지 하는 경우는 드무니까요. 안 그런가요?"

노형진이 이성윤을 바라보면서 물었다.

이성윤은 한숨을 쉬면서 대답했다.

"아마도요."

"아마도?"

"자기들을 제대로 소개한 적도 없지만 딱 한 번 비슷하게 말한 적이 있습니다. 자기들을 지역사랑연합이라고 하더군요."

"지역사랑연합? 그런 단체가 있나? 없는데?"

조용히 듣고 있던 손채림이 컴퓨터로 해당 단체를 검색해 보았다. 하지만 나오는 게 없었다.

"이런 짓거리를 하는 단체가 있겠어?"

"그럼 뭐야?"

"자기들끼리 만든 집단이지. 뻔한 거 아니야?"

"흠?"

"아버지연합이 우리나라 아버지 대표하디?"

"아아."

아버지연합은 극우 주의 시위 단체로, 비공식적으로 정부의 지원을 받으면서 시위에 동원된다.

그들은 현 정권에 반대하는 자들을 무조건 빨갱이라 매도하고 모욕하며 린치를 가한다.

당연히 아버지연합이라며 그들은 대한민국의 아버지를 대표한다고 주장하지만, 대다수의 아버지들은 그 단체를 혐오한다.

"결국 자기들끼리 하는 말이야. 지역사랑연합이 아니라 그냥 가해자 모임 같은 거겠지. 아니면 이권 업자이거나. 그들이 함께 결탁했을 수도 있고."

"이권 업자들?"

"먹고살기 힘든 일반인들이 이런 걸 하겠어? 이런 자들은 지역사회 이미지가 안 좋아지면 손해 보는 사람들이지. 그래서 그딴 가짜 단체 이름 붙이고 활동하는 거고. 뭐, 관광 업자라든가 아니면 지역 유지 같은 인간들일 거야. 그리고 가해자들 부모도 속할 거고. 그 부모들이 힘이 강해서 그 당시에도 처벌을 안 받았으니까. 그런 집단이 있다면 속해 있다고 봐야지."

손채림은 그 말을 들으면서 고개를 갸웃했다.

자신도 그 사례를 공부했다. 그러나 여전히 이해가 가지 않는 부분이 있었다.

"그 사람들이 그리 강한 힘을 가지고 있진 않았던 것 같은데."

"응?"

"그 지역에서 유지라고 할 만한 애들은 그다지 많지 않았던 것 같다고."

가해자가 수십 명인데 그 애들이 다 지역 유지의 자식일 수는 없다.

"상대적인 거야."

"상대적인 거라고?"

"그래. 경찰이라는 조직은 다 하나의 조직이 아니라 관할권이 있으니까."

사실 시골 지역 유지라고 목에 힘주는 사람이 서울 강남으로 이사 오면 유지라고 목에 힘주기는커녕 도리어 아파트 한 채 사는 것도 힘들 수도 있다.

그만큼 같은 한국이지만 괴리가 있다.

"하지만 그들은, 어찌 되었건 지역에서는 유지지."

서울 경찰은 뇌물을 받아도 수천씩 받을 수 있지만 잘살지 못하는 시골은 그게 안 된다.

더군다나 관할이 다르기 때문에 그 지역 사건은 그 지역 경찰이 해결한다.

"그러니 상대적으로 그 지역에서는 힘이 있는 거지. 저기 섬에 있는 지역 유지는 수도권에 오면 뭐, 잘살겠어? 그리고 법의 형평성이라는 게 있잖아."

일단 그 안에 지역 유지의 자녀들이 있는 것은 확실하다.

문제는 그 애들은 풀어 주고 아닌 애들은 처벌하기 힘들다는 것이다. 전형적인 무전 유죄가 될 테니까.

"그러니까 아예 처벌 안 하는 쪽을 선택한 거야?"

"그런 거지."

"미친 거 아냐?"

"원래 그래. 어쩔 수가 없지. 그 당시에 유지 자녀들이 주동자들이었거든. 아마 훈방당한 쪽에 그 애들이 있을 거야. 조사 안 한 쪽에도 속해 있겠지."

결국 그 사태가 이 지경까지 온 것이다.

"이번에도 지역사회가 끼어든 거라 생각하나?"

조용히 듣고 있던 송정한은 얼굴을 찡그리면서 말했다.

그때도 그렇고 이번도 그렇고, 이 싸움은 개인이 저지른 것치고는 규모가 너무 크다.

노형진은 고개를 끄덕거렸다.

"애초에 개인들이라면 제가 투자했다는 정보도 얻지 못했을 겁니다. 뉴스에 나간 것도 아니고요. 그렇다면 누군가 그런 정보를 캐고 다녔다는 건데, 그런 거 할 만한 조직이 지역에 뭐가 있겠습니까? 개인이 그걸 하는 데는 한계가 있지요."

"그렇겠지."

그 당시 경찰의 행동을 기억해 낸 송정한은 부정하지 못하고 그저 눈만 찡그렸다.

그 당시 경찰은 가해자가 아니라 피해자에게 인신공격을 하면서 죄를 뒤집어씌웠다.

네가 우리 동네 물을 흐렸다느니, 네가 꼬리 친 거 아니냐느니 하는 식으로 말이다.

경찰이 그 꼴인데 다른 곳에서 똑같은 짓을 하지 말라는 법은 없다.

"신고해 봤습니까?"

노형진은 이성윤에게 물었다. 하지만 이성윤은 고개를 절레절레 흔들었다.

"신고야 해 봤지요. 하지만 범인을 잡을 수가 없답니다."

"그걸 믿으세요?"

"글쎄요……. 저도 이걸 영화화하려고 여러 가지를 준비하면서 해당 지역 경찰과 많이 부딪쳤지만 그다지 믿음은 가지 않더군요."

쓸쓸하게 웃으면서 말하는 이성윤.

현행법상 신고하면 사건은 해당 경찰서로 이첩될 텐데, 그런 사건도 편들면서 은폐했던 곳이 과연 제대로 수사할까?

더군다나 시골은 서울처럼 CCTV가 많은 것도 아니다. 그러니 으슥한 곳에 있는 공중전화로 전화했으면 찾을 수도 없을 것이다.

지역이 똘똘 뭉쳐서 감추려고 하는 판국에 그게 수사가 될 리 없다.

"협박을 무시해도 될까?"

손채림은 걱정되는 얼굴로 말했다.

노형진에게 직접적으로 이루어진 건 아니라고 해도 협박은 어디까지나 협박이다.

"협박을 두려워하면 변호사 못 해."

미국에서는 실제로도 자신을 죽이려고 했던 자들과 싸웠던 노형진이다. 이런 협박은 그를 더욱 화나게 할 뿐이다.

"감독님도 걱정하지 마시고 영화에 집중하세요. 투자 철회는 하지 않겠습니다."

"저도 물러날 생각이 없어서요."

"그럴 거라 생각했습니다."

애초에 협박에 굴할 사람이면 회귀 전에 영화가 나오지도 않았을 것이다. 그때라고 협박당하지 않았을 리가 없을 테니까.

"걱정 마시고 영화나 잘 만들어 주세요."

노형진은 그에게 안심하라는 듯 어깨를 탁탁 두드려 주었다.

⚖

"뭐라고요?"

노형진은 일을 하다가 전화를 받고 벌떡 일어났다.

─배우가 공격당했습니다.

"그게 무슨 말입니까? 공격이라니?"

─괴한이 촬영을 마치고 돌아가는 배우를 공격했답니다.

"누구를요? 설마 애를 공격한 건 아니죠?"

전화기 너머에서 침묵이 흘렀다. '설마.' 하는 생각이 맞아 떨어진 것이다.

'이런 미친······.'

물론 배우가 마냥 어린 나이는 아니다. 이제 열아홉 살로, 법적으로는 성인이다.

그러나 법적으로 성인이 됐다고 정신적으로 갑자기 성숙 해지는 것은 아니다.

"피해는요?"

─다행히 사람에 대한 공격은 없었다고 합니다.

"그럼?"

─앞을 가로막고 백미러와 창문을 깨고 도망갔다고 하더

군요. 명백하게 협박입니다. 촬영을 계속하면 죽여 버린다고
했답니다."

노형진은 이를 악물었다.

이는 명백하게 협박이었다. 영화를 멈추라는 협박.

주연 여배우가 하차하면 새로운 배우를 뽑아서 처음부터
다시 찍어야 한다. 그럴 여건이 되지 않을 건 당연한 일.

"후우."

노형진은 의자에 앉아서 한숨을 내쉬었다.

"그래서 배우는 뭐라고 합니까?"

"다행히 다친 곳도 없고 그러니 촬영은 계속한다고 합니
다. 그녀의 입장에서도 이런 공격에 굴할 수는 없다고 생각
한답니다."

"다행이군요."

연기를 하면서 피해자의 마음을 알게 된 그녀는 자신의 이권
을 위해 협박하는 사람들에게 지고 싶은 생각이 없었던 것이다.

"알겠습니다. 촬영은 계속해 주세요. 배우분의 정신적 치
료비는 제가 대도록 하지요. 차량 수리비도요."

─그렇게까지······.

"아니요. 그래야 합니다. 그리고 경호 비용도 지불하겠습
니다."

─네?

이성윤은 깜짝 놀랐다. 그 돈만 해도 적지 않기 때문이다.

"걱정 마세요. 제가 하고 싶어서 하는 거니까."

노형진은 그렇게 말하면서 이를 악물었다.

"그리고 이 사건은 제게 정식으로 의뢰해 주세요."

—의뢰라니요?

"잠자는 사자의 코털을 건드린 대가를 톡톡히 치르게 해 주겠습니다."

노형진은 이를 빠드득 갈았다.

⚖️

"흔적은 못 찾았습니다."

상당히 예외적인 상황이지만 송정한은 노형진이 새론의 자원을 쓸 수 있게 배려해 줬다.

한번 협박에 굴하면 다른 변호사들에게도 협박이 올 수 있다는 것을 알았기 때문이다.

그래서 고문학은 그동안 모은 정보를 가지고 조사했다.

하지만 신통한 것이 없었다.

"차량의 번호는 가려진 상태입니다. 그리고 지역사랑연합 이라는 단체 자체도 존재하지 않는 곳이다 보니 아무래도 그들에 대한 조사를 할 수는 없더군요. 해당 지역에서 조사해 봤지만 그런 조직을 아는 사람도 없고요."

노형진은 고개를 끄덕거렸다.

"그럴 거라 생각했습니다."

애초에 자기들끼리 자칭하는 집단을 무슨 수로 조사한단 말인가?

최소한 사무실이라도 있어야 하는데, 그마저도 있을 리 없으니.

"아무래도 자기들이 기어 나오게 만들어 줘야겠네요."

"기어 나오게?"

"네."

"어떻게 말입니까? 설마 언론에서 재조명하자는 건가요?"

"그것도 생각 중입니다. 어차피 영화가 나오면 홍보는 해야 하니까요."

"설마?"

"그 당시 가해자들이 사건을 은폐하기 위해 또다시 범죄를 저지른다, 이만한 사건이 어디 있겠습니까?"

"하지만 가해자가 한 게 아니면요? 증거가 없습니다만?"

이런 사건이 터지면 가장 먼저 조사 대상이 되는 것이 가해자들이다.

하지만 가해자들에게서 특별한 움직임은 보이지 않았다.

"가해자들이야 아직 어린 나이니까요. 아마도 부모들 중 일부일 겁니다. 생각해 보세요, 이걸 이렇게 결사적으로 막을 사람이 누가 있을까요?"

"그건 그렇지요."

자기 지역이 욕먹는 것을 불편해하고 싫어하는 것과 직접적으로 손을 쓰는 건 전혀 다른 일이다.

협박이나 협박 편지까지는 그래도 이해한다. 가끔 극렬분자가 있으니까.

하지만 직접적으로 나서서 기물 파손까지 한다?

이해관계자가 아니라면 그렇게까지 하는 경우는 거의 없다.

하물며 그나마도 정치적인 부분에 관한 거지 범죄 은폐를 위해 아무런 관련이 없는 제3자가 스스로 범죄자가 되어 줄리가 있겠는가?

"흠, 그러면 어떻게 자극하시려는 겁니까? 이미 사건은 끝났는데 말이지요."

"간단합니다. 그 녀석들이 가장 두려워하는 방식으로요."

"가장 두려워하는 방식?"

"그 녀석들이 왜 이렇게 협박까지 하는 걸까요?"

"그거야 사건이 드러나면서 추문이 드러나니까요."

"그렇다면 그 녀석들이 두려워하는 건 뭘까요?"

"아······."

고문학은 고개를 끄덕거렸다.

그리고 노형진의 계획이 예상이 가자 부르르 떨었다.

"잔인하시군요."

"잔인? 전 그 녀석들이 저지른 일을 돌려줄 뿐입니다."

노형진의 눈에 독기가 어른거리기 시작했다.

군자의 복수는 10년도 이르다

"생일 추카합니다. 생일 추카합니다."

화려한 아파트 내에서는 생일 축하 노래가 울려 퍼지고 있었다.

"까꿍."

"웃어 봐."

한 남자의 품에 안겨 있는 아이.

아이는 방긋방긋 웃고 있었다.

아이의 엄마는 아이가 너무 예쁜지 눈도 떼지 못했다.

"짜식, 일찍도 결혼한다."

"하하하."

아버지로 보이는 남자는 미소로 대답했다.

간단하게 가족들과 친한 사람들을 불러서 함께하는 아이의 돌잔치.

그렇지만 화려한 아파트의 모습은 결코 부족함이 없었다.

"잘 살아라."

"그래, 잘 살아야지."

웃으면서 말하는 가족들.

그들은 행복했다.

결혼이 많이 이른 감이 있었지만 그래도 자식까지 얻어서 돌잔치를 하고 있는데 행복하지 않을 리 없었다.

그러나 그는 몰랐다, 자신이 저지른 죄악이 악마가 되어 자신들을 찾아오고 있음을.

딩동.

마치 천둥이 울리는 듯한 벨 소리.

누구도 그 벨 소리를 별로 신경 쓰지 않았다. 누군가 늦게 온 손님이라고 생각했기 때문이다.

그래서 범인이었던 남자도 별 의심 없이 문을 열었다.

"누구세요?"

그런데 눈앞에 있는 사람들은 자신이 아는 사람이 아니었다.

거기에다 그들은 돌잔치에 오는 복장도 아니었다.

"권성무 씨 댁인가요?"

"네, 그런데요?"

권성무라 불린 남자는 고개를 갸웃했다.

남자는 고개를 돌려서 뒤에 있는 사람들에게 고개를 끄덕거렸다. 그러자 앞으로 나오는 남자들.

"다…… 당신들 뭐야!"

다짜고짜 안으로 들어오려고 하는 남자들에게 화를 버럭 내는 권성무.

"법원에서 나왔습니다."

"법원?"

"네. 지금부터 가압류를 집행하겠습니다."

"아니, 무슨 소리야! 가압류라니!"

버럭 화를 내는 권성무.

그러자 소리를 들었는지 아내가 문 쪽으로 나왔고, 사람들의 시선이 그쪽으로 쏠렸다.

"당신이 저지른 죄에 대한 손해배상입니다."

"손해배상? 무슨 손해배상!"

"당신이 저지른…….'"

말을 하려던 남자는 뒤에서 말리는 누군가의 손에 순간 멈췄다.

뒤에서 노형진이 나타나 남자를 물러나게 했다.

"죄송합니다만 그건 말 못 하겠네요."

"뭐라고?"

"제3자에게 죄를 무차별적으로 공개하는 건 위법이거든요."

노형진은 웃으면서 뒤에 있는 사람들에게 말했다.

눈앞에 권성무가 있지만 뒤에 있는 사람들더러 들으라는 뜻이었다.

'죄에 대해 말하는 것은 불법이지만 죄가 있다는 의심이 들게 하는 것은 불법이 아니지, 흐흐흐.'

아나나 다를까, 다들 어리둥절한 표정이 되어 있었다.

그리고 일부는 얼굴이 사색이 되어 있었다.

'사색이 된 놈들은 아마도 가해자들이겠지.'

그리고 어리둥절한 얼굴을 한 사람들은 모르는 상황이라는 뜻이고 말이다.

문제는 어리둥절한 표정을 하고 있는 사람 중에 친구들뿐만 아니라 아내와 장인, 장모로 보이는 사람도 포함되어 있다는 것이다.

'하긴, 대가리에 총 맞지 않고서야.'

자신의 딸을 집단 강간범에게 시집보낼 부모는 없을 테니까.

"지금부터 가압류를 시작하겠습니다. 시점은 손해배상이 끝나는 시점까지입니다."

"손해배상이라니 뭔 개소리야!"

"개소리가 아닐 텐데요? 무슨 말인지 아시지 않습니까? 특히 제가 누군지 알 텐데요?"

노형진이 나서서 말하자 말을 못 하는 권성무.

"집행하세요."

"네."

압류관들은 입구를 막는 권성무를 뚫고 들어가서는 여기 저기에 딱지를 붙이기 시작했다.

"이게 무슨 일이야!"

"뭐야!"

"사위, 이게 무슨 일인가!"

돌잔치를 하던 집에 갑자기 떨어진 날벼락에, 가족들뿐만 아니라 다른 사람들도 어쩔 줄 몰라 했다.

"자, 잠깐. 난…… 갑자기 급한 일이……."

급하게 바깥으로 나가는 일부 사람들.

노형진은 그들을 보며 크게 외쳤다.

"댁으로 조만간 찾아갈 테니까 기다리세요!"

그 말을 들은 일부가 다급하게 도망치자 가족들은 이상하다는 생각이 들었다.

특히나 권성무와 그의 부모들이 어쩔 줄 몰라 하면서 시선을 마주치지도 못하자 의심이 들기 시작했다.

"이게 도대체 무슨 일입니까?"

"권성무 씨에 대한 손해배상을 집행하는 것뿐입니다. 가집행이고, 가압류를 거는 거죠."

"그걸 모르는 게 아니라 왜 우리 사위 집의 재산을 압류하느냐 말입니까?"

"글쎄요?"

노형진은 싱글거리면서 권성무를 바라보았다.

그 당시에 가장 연장자였고 또 주동자였던 그다.

원래 여자를 좋아했다지만 성인이 되자마자 결혼할 줄이야. 딱 봐도 사고를 쳐서 결혼한 것 같지만 말이다.

"본인한테 물어보는 건 어떨까요?"

"뭐라고요?"

"권성무 씨, 한마디 해 주시지요."

"내…… 내가 무슨 말을 하라는 겁니까?"

"왜 우리가 당신에게 압류를 거는 걸까요?"

"내…… 내가 어떻게 알아요?"

"그래요?"

노형진은 고개를 끄덕거렸다.

말해 줄 생각이 없다는 뜻이리라.

"그러면 따님한테 물어보시죠."

"뭐라고요?"

"전 아무것도 모르는데요?"

"그렇겠지요. 하지만 대충 감은 잡을 텐데요?"

"네?"

"권성무 씨가 어떤 학교를 졸업했는지 아시죠?"

"그거야……."

생각난 듯, 그녀는 다급하게 그 학교 이름을 인터넷에 검색했다.

그 학교와 관련된 뉴스가 뜬다면 그것과 관련이 있다는 뜻이니까.

"이, 이런……."

털썩.

그리고 그 뉴스를 보고는 다리가 풀려서 주저앉는 아내.

장모는 그런 딸에게 허둥지둥 다가갔고, 장인은 그 핸드폰을 주워서 관련된 뉴스의 이름을 읽었다.

"집단 강간 사건?"

이름은 나오지 않았지만 그 학교와 관련되어 명백하게 떠 있는 사건.

그리고 보니 그 당시 가해자들의 나이가 권성무와 비슷했다.

"그래서 집행하는 겁니다. 피해자의 피해를 복구해야지요. 안 그런가요?"

노형진은 능글거리는 표정으로 말했다.

하지만 미소 짓는 노형진과 다르게 다른 사람들의 얼굴에는 절망이 가득했다.

"나…… 잠깐…… 일이 생겨서."

"미안하지만 내가 여기에 있을 데가 아닌 것 같네."

특히 멋모르고 왔던 여자들은 구역질이 난다는 표정으로 황급하게 집을 나가기 시작했다.

순식간에 싸악 빠져 버리는 사람들. 혼이 나간 채로 있는 가족들.

집행관들은 그런 그들을 무시하고 돈이 될 만한 곳에 덕지

덕지 딱지를 붙이기 시작했다.

"이게…… 무슨……."

해명을 요구하는 표정을 그를 바라보는 장인어른.

하지만 권성무는 해명할 수가 없었다.

할 상황이 아니었다. 뭐라고 해명한단 말인가?

"아, 참고로 말하자면……."

노형진은 그런 장인에게 다가가서 귀에 대고 작게 속삭였다.

"자신의 범죄 사실을 말하지 않고 결혼한 건 명백한 이혼 사유입니다."

"……."

"그리고……."

노형진은 마음을 독하게 먹었다.

지옥으로 처넣을 때는 확실하게 재기 불능으로 만들어야 하기 때문이다.

"따님이 낳은 자식 말입니다. 어떻게 생긴 건지 물어보셨어요? 사랑의 결실일까요, 아니면 욕망의 결실일까요? 참 궁금하네요. 안 그래요?"

그런 걸 물어볼 부모는 없다. 하지만 이 순간 의심이 드는 것은 어쩔 수 없다.

사랑해서 만들어진 것인지, 아니면 강간해서 만들어진 것인지.

"으아아!"

이것이 법이다

분노로 텔레비전을 발로 차서 부수어 버리는 장인.

노형진은 그런 그를 말렸다.

"지금부터 압류해야 하는 물건입니다. 손대지 마세요!"

"으아! 이 개자식!"

결국 분노를 이기지 못한 그는 자신의 가족과 함께 그곳을 빠져나가기 시작했다.

"여보!"

"아빠!"

그들의 시선은 어느 한곳으로 가 있었다.

이 상황에 놀라서 울고 있는 아이.

그는 그런 아이를 보다가 이를 빠드득 갈았다.

"우리 집안에 더러운 핏줄은 필요 없다."

그러고는 강제로 두 사람을 끌고 나가 버리는 장인을 보면서 권성무는 아무런 말도 할 수가 없었다.

"자, 이제 조용해졌네요. 계속 집행하지요."

노형진이 웃으면서 말하자 집행관들은 속으로 침을 꿀꺽 삼켰다.

'악마다.'

우연이 아니었다.

딱 오늘 딱 정해진 시간에 집행하러 와 달라고 자신들에게 뇌물을 준 게 노형진이다.

즉, 이 상황을 예측하고 왔다는 것이다.

그리고 그 결과 합법적으로 범죄에 대해 상대방이 알았으니 남은 것은…… 파멸뿐.

'진짜 악마다.'

그들은 그렇게 생각하면서, 무너지는 권성무를 불쌍하다는 듯 바라보았다.

"새내기 여러분, 환영합니다."

오리엔테이션은 대학생들을 환영하는 첫 행사다. 그 행사에서 고연미는 강사로 초대되어 강의 중이었다.

'아이고, 불쌍한 녀석. 그나저나 노 변호사님이 화나면 진짜 무섭구나.'

그녀는 그렇게 생각하면서도 단상에 올라갔다. 강의를 시작하기 위해서다.

오늘의 주제는 성 평등에 관련된 것이었다.

자신의 업무와는 별로 상관이 없는 일이기는 하지만 노형진이 부탁하니 어쩔 수 없이 오기는 했다.

사실 여자의 입장에서 그런 사고를 친 녀석이 행복하게 사는 건, 아무리 자신이 봐도 속이 뒤틀리니까.

'보통은 돈을 받고 와서 하는 거 아냐?'

그런데 와서 강의를 준비하던 중에 알게 된 게, 노형진이 돈을 주고 할 수 있게 해 달라고 부탁했단다.

"우리에게 성 평등이란……."

그렇게 시작된 강의.

그 강의 내용의 핵심은, 다름 아닌 대학 내에서 벌어질 수 있는 성범죄에 대한 내용이었다.

"이 중에는 동성 학교만 다니던 사람들도 있을 겁니다. 그러니 이성과 함께 학교를 다닌다는 것에 대해 어색할 수도 있는데요."

"강사님!"

"네?"

"저희는 기계과라 여자가 없어서 하나도 안 어색합니다."

"으하하하!"

"이게 웃을 일이냐?"

"잠깐…… 눈물 좀 닦고."

재미있게 반응하는 대학생들을 보고 웃으면서 강의를 하는 고연미.

"이런 이성 간의 대표적인 사건 중 하나가 바로 강간이겠지요. 한국에서 제일 유명한 사건을 뽑으라면 아무래도 집단 강간 사건일 겁니다."

그렇게 말하면서 프레젠테이션을 넘기던 고연미는 순간 아차 했다. 잘 나오던 관련 사진에서 한 명의 사진이 나온 것이다.

그 당시 강간범들의 모습을 찍은 사진이었는데 그중 한 장이 제대로 모자이크 처리가 되지 않은 상태였다.

"이 사람은 무진이라는 사람으로……. 이런, 실수했네요."

재빨리 넘기는 그녀.

사실 인터넷에 퍼질 만큼 퍼진 사건이니만큼 그렇게 신경 쓰지 않았다.

"무진?"

그런데 한쪽 구석에서 웅성거리는 소리가 들려왔다.

"무진? 잠깐 무진이라고요?"

"네. 왜 그러시지요?"

"그 사진 좀 다시 보여 주세요!"

한구석에 있는 학과의 학생들이 일어나면서 요청하자 고개를 갸웃하면서 화면을 되돌리는 고연미.

그러자 그 웅성거림은 더욱 커지기 시작했다.

"무진이네?"

"무진 선배 맞아!"

"강간범이었어?"

당황해서 어쩔 줄 몰라 하는 사람들.

"왜 그러시죠?"

"저희 학과에 무진이라는 선배가 있어요."

사색이 되는 여학생들.

"그러고 보니 그 선배, 여자만 보면 눈깔이 돌아가잖아?"

"나한테도 추근거렸는데."

웅성거리는 사람들.

사실 그 또래에 여자 보고 관심을 안 가지면 그건 고자다.

그러나 그런 전체적인 성향이 어떻든 간에, 강간범이라는 타이틀은 의심을 사기에 충분한 이름이었다.

당연히 그런 웅성거림은 다른 학과에까지 퍼지기 시작했다.

"뭐야? 강간범이 우리 학교에 있다고?"

"그런 개자식이 우리 학교에 있단 말이야?"

분노하기 시작하는 학생들.

고연미는 앞으로 계속 있을 강의를 생각하고는 고개를 흔들었다.

자신이 가는 곳마다 똑같은 일이 벌어지리라.

'이거, 참……'

그렇게 한 남자의, 아니 여러 남자의 인생이 지옥으로 떨어지기 시작했다.

⚖

"피해자를 모집 중이에요."

"엥?"

어떤 회사의 입구에 몇몇 여자들이 모여들었다.

그 여자들은 곧 사람들을 모으기 시작했다.

"무슨 피해자요?"

"우리 회사가 무슨 사고 쳤어요?"

고개를 갸웃하는 여직원들.

손채림은 그런 여직원들에게 서류를 주면서 고개를 흔들었다.

"아니요. 저희는 로펌이거든요. 그래서 성희롱이나 성범죄자에게 피해를 입은 피해자들을 모집해서 소송하려고요."

"아."

별거 아니라는 듯 피식 웃는 사람들.

하지만 그중 일부는 좀 심각한 표정이 되었다. 아마도 회사 내부에서 진짜 그런 일을 당하고 있는지도 모른다.

하지만 그건 어디까지나 부차적인 목적.

'특정만 안 하면 된다 이거지.'

손채림은 히죽 웃었다.

특정만 안 하면 명예훼손이 성립되지 않는다. 그러니 그 부분만 조심하면 된다.

"그런데 왜 우리 회사예요?"

"네?"

"아니, 다른 회사도 많은데 며칠째 우리 회사에만 찾아오시잖아요?"

고개를 갸웃하는 여직원들.

그러고 보니 여기에 다른 회사도 있다. 그러나 언제나 이곳에서만 이렇게 모집한다.

"어쩔 수 없는걸요."

"왜요?"

"강간범을 받아 주는 회사는 여기밖에 없어요."

"그게 무슨 말이에요?"

순간 기겁을 하는 여직원들.

손채림은 마치 아무것도 모르는 척 말을 이었다.

"그게 법적으로 말하면 안 되게 되어 있어서요. 그래서 말은 못 해 드려요. 하지만 이 주변에서 강간범을 받아 주는 회사는 여기밖에 없어서……."

"그게 뭔 말이냐니까요!"

"강간범이라니!"

여자들이 기겁하면서 모여들기 시작했고 손채림은 여전히 모른 척 뒤로 물러나면서도 입은 쉬지 않았다.

"저희도 무차별 살포할 수는 없잖아요. 그러니까 사건 의뢰를 해 줄 수 있는 분을 찾아야 하는데, 아무래도 그러면 전과가 있는 분들이 있는 곳이……."

"그 말은 우리 회사에 진짜로 강간범이 있다는 뜻이잖아요!"

"네."

"그러니까 누구냐고요!"

"말씀드리기가 좀 그래요. 법적으로 저희가 말하면 안 되거든요."

"그게 누구예요!"

"그게……."

고민하는 척하던 손채림은 슬쩍 말을 흘렸다.

"저희는 말은 못 하지만…… 인사과는 알고 있지 않을까요? 모르고 뽑지는 않았을 거 아니에요?"

"네? 그게 무슨?"

"취업할 때 다들 범죄 경력 조사하잖아요. 그런데 인사과에서 모르겠어요? 그나저나 사장도 미친놈이네요. 돈 받았나, 어떻게 그런 놈을 직원으로 받아 주지? 여직원은 죽으라는 건가?"

"그러니까 그 범인이 우리 회사에 있다고요?"

"네. 아무래도 강간범도 받아 주는 회사라 성적인 처벌에 대해 관대할 테니 성범죄를 저지르는 추행 같은 것도 많지 않을까 해서요. 그래서 홍보차……."

사색이 된 여직원들은 더 이상 듣지 않고 바로 몸을 돌렸다.

일이 이쯤 되면 불안해서 일도 못 할 지경이다. 누군지 모르는 강간범이 자신을 노리고 있다고 하는데 어떤 여직원이 느긋하게 일을 하겠는가?

"당장 올라가 봐요!"

"인사과로 가 봅시다!"

그들이 올라가는 걸 보면서 손채림은 씩 웃었다.

"아이고…… 취업 참 힘들겠네, 호호호."

"악마."

"이런 악마라면 얼마든지 되어 줄 의사가 있어."

노형진의 방법은 간단했다. 그들을 사회적으로 매장시키는 것.

그들이 두려워하는 것은 그것이다.

그래서 사회적으로 사건을 은폐하기 위해 협박하는 것이다.

"돈도 중요하지만 복수도 중요해. 돈만 노려서는 의미가 없지. 더군다나 애초부터 돈이 있어서 사건을 덮었던 녀석들인데 돈 몇 푼에 흔들릴 리 없지."

고작 지역 유지라고 하지만 어찌 되었건 돈 때문에 힘들어할 녀석들이 아니다.

당장 권성무만 하더라도 아무리 시골이라고 하지만 신혼집이 52평 아파트다. 그러니 진짜로 합의금만 받아 내려고 한다면 돈이야 문제 될 것이 없다.

문제는, 그러면 그 녀석들은 돈 던져 주고 뻔뻔하게 잘 살거라는 것이다.

"이래서 자네가 그때부터 민사 안 하고 기다린 건가?"

"군자의 복수는 10년도 이르다고 했습니다. 만일 그 당시에 우리가 민사소송을 했다면 소송 당사자는 그 가해자들이 아니라 부모였을 겁니다."

그 당시 가해자들은 대부분 법적으로 미성년자였다.

현행법상 그런 경우 민사소송을 하게 되면 그 책임은 가해자가 아니라 그 부모가 지도록 되어 있다.

이게 무슨 소리냐면, 책임자가 가해자가 아니라 그 부모이기 때문에 돈은 쉽게 받아 낼 수 있을지언정 복수가 될 수는 없다는 뜻이다.

"단순히 그 문제 때문은 아닌 것 같은데?"

"문제야 또 있지요. 그 당시에는 피해자와 그 가족들이 정신적으로 안정된 상태가 아니었습니다. 우리는 법무 법인입니다. 변호사죠. 만일 민사까지 끝나면 우리와의 관련은 끊어집니다. 그 후에 피해자와 그 가족이 그 돈을 지킬 수 있을 것 같지는 않더군요."

송정한도 이해한다는 듯 고개를 끄덕거렸다.

변호사를 하면서 많이 봤던 부분이다.

배상금이 크다는 건 그 사건이 충격적이라는 뜻이다. 그리고 그 큰 배상금이 들어오면 정신적으로 안정되지 않은 피해자들은 그 공허감을 채우기 위해 통제하지 못하고 돈을 쓰는 성향이 드러나곤 한다.

하지만 단순히 그것만 문제인 것은 아니다.

돈이 많아지니 그 돈을 노리고 사기꾼이 접근하는 게 거의 고정 패턴인데, 자신들과의 관계가 끊어지면 그걸 적당히 보호해 줄 수가 없다.

그래서 노형진은 그들을 설득하고 돈이 필요하다고 하면 자신이 빌려주는 한이 있더라도 민사를 미뤄 둔 것이다.

"이제는 그분들도 안정을 좀 찾았고, 슬슬 대학을 준비하면서 돈이 들어갈 시점이니까요. 지금 배상금을 받으면 안정적으로 운영할 수 있을 겁니다. 제일 중요한 것은, 가해자 그 녀석들이 이제 대부분 성인이라는 거지요."

즉, 공격의 대상이 된다는 뜻이다.

"이제는 부모가 아니라 그 녀석들에게 직접 공격이 가능합니다. 그리고 다들 아실 겁니다, 사회 초년생 시절에 어떤 자리에서 시작하느냐가 미래를 결정한다는 것을."

"그렇지."

이미 인생을 살아 본 사람들은 사회적으로 일을 시작하는 초년생들이 시절이 왜 중요한지 안다. 그리고 그때가 제일 약점이기도 했다.

"만일 그 녀석들을 나락으로 떨어트려 둔다면 그 녀석들이 할 수 있는 게 뭐가 있을까요?"

대학에 들어가면 대학에 강간범인 걸 까발리고, 취업하면 취업한 곳에서 월급을 압류하면서 까발리고, 결혼하면 그 신혼집을 빼앗으면서 결혼을 파토 낸다.

사회에 나가야 하는 시점인데 사회적으로 매장시켜 버리는 것이다.

민사가 가능하니까. 그리고 상대방은 그걸 책임져야 하는 성인이니까.

"그 당시에 민사를 했다면 이렇게는 못 했을 겁니다. 사회에 나갈 시점도 아니고 말이지요. 그러니 그들의 인생에 아무런 영향도 없었겠지요. 그렇다고 부모에게 무슨 피해가 가느냐? 아니죠. 대리인일 뿐 타인이나 마찬가지니까. 아마 지금도 그 부모의 친구들이나 직장 동료들은 그 사람이 집단 강간범의 부모이고 방송에서 그렇게 쌍욕을 하던 사람이라는 걸 모를 겁니다. 그 당시 부모들의 신분은 철저하게 감춰졌으니까."

즉, 공격 대상이 부모니까, 그러니까 돈만 받아 낼 수 있을 뿐 복수다운 복수는 불가능하다는 뜻이다.

가해자에게도, 부모에게도 말이다.

"하지만 이제는 그 녀석들이 성인이고 공격 대상이죠."

그리고 이제 막 사회라는 곳에 나가는 시점이다.

그러니 지금 나락으로 떨어지면 말 그대로 상당 기간 허송세월을 할 수밖에 없다.

"지금 학교에서 까발려지면 압력 때문에라도 자퇴해야 합니다. 1학년이라고 해도, 결국은 수능을 다시 봐서 입학해야지요. 그렇게 3년만 하면 영장이 나올 겁니다. 법적으로 처벌을 안 받았으니까요. 그러면 5년입니다."

20대 초반의 5년을 날려 버리면 인생에서 가장 중요한 시점을 날려 버리는 것이다.

"회사도 마찬가지지요."

만일 퇴직한 후에 다른 곳에 취업하려고 한다 해도, 그 회사에서 퇴직한 회사에 문의하려는 경우가 많다.

그런데 그곳에서 강간범이라는 것을 감춰 줄 이유가 없다.

"뭐, 이혼이야 당연한 일일 테고요."

결혼? 과연 강간범과 결혼하려고 하는 여자가 얼마나 될까? 그것도 새론이라는 거대한 적에게 집중 공격받는 사람과 말이다.

결혼은커녕, 이혼이나 안 당하면 다행이다.

벌써 권성무에게 이혼소송을 걸겠다는 의뢰가 들어왔다.

그쪽에서 새론에 이혼소송을 맡긴 이유는 간단하다. 권성무의 추문에 대한 정보를 모조리 가지고 있으니 이혼소송을 유리하게 진행할 수 있기 때문이다.

"그러니 그들이 그렇게 결사적인 겁니다. 사회에 나가야 하는 시점이니까. 그런데 추문이 터지만 인생이 고달프니까."

그 추문을 막기 위해 협박까지 동원하는 것이다.

"전 이 일을 그냥 두지 않을 겁니다. 계속 바라보면서 1년이고 2년이고 3년이고 계속할 겁니다."

"쯧쯧, 어쩌자고 그 녀석들은 노 변호사 같은 악마를 건드렸나 몰라."

심지어 얼마 전에는 결혼하는 곳에 가서 축의금에 압류를 가하는 무식한 짓까지 저질렀다.

결혼식장에서 축의금을 압류했으니 결혼식이 파토 안 나면 그게 이상한 거다.

오죽하면, 압류하러 갔던 압류관이 불쌍한데 좀 봐주면 어떠냐고 할 정도였다.

"안 불쌍해?"

손채림은 그때를 생각하고는 고개를 절레절레 흔들었다.

가장 좋은 날이어야 하는데 그 난리가 났으니.

결국 신부는 울다가 기절해서 실려 가 버렸다.

"조까라 그래. 불쌍하다는 감정도 결국은 상대방이 사람답게 굴 때 나오는 거야. 저쪽에서 우리 죽이려고 하는데 불쌍하다는 감정을 가져 봐야 내 목을 내미는 것밖에 더 돼? 그리고 엄밀하게 말하면 내가 그 신부 인생 구해 준 거 아냐? 너 같으면 집단 강간범이랑 결혼해서 애 낳고 살고 싶어?"

"하긴."

사실 노형진은 좀 더 기다렸다가 압류할 생각이었다.

지옥으로 떨어트릴 것은 맞기는 하지만 일단은 저들이 자리를 잡아야 뜯어먹을 것도 있기 때문이다.

하지만 저들은 주제도 모르고 자신을 건드렸다.

영화를 만든다고 그들에게 폭행을 가했으니 피해자를 찾아가서 폭행을 가하지 말라는 법은 없다.

설사 그 가해자와 가족들이 한 게 아니라고 할지라도 문제다.

한 지역이 우르르 나서서 폭행을 가할 정도로 그렇게 집단 강간범을 옹호하는데 그 녀석들이 반성하고 삶을 고칠까? 아니면 또 다른 피해자들을 만들까?

"반성은 지옥에 가서 하라고 해."

노형진은 그들을 봐줄 생각이 전혀 없었다.

⚖

"합의를 하자고요?"

"그럽시다."

잔뜩 분노한 얼굴로 온 남자.

그의 얼굴에는 합의하기 싫다는 티가 팍팍 나고 있었다.

'그렇겠지. 좋을 리 없지.'

노형진과 새론이 무슨 짓을 저지르고 다니는지 가해자들과 그 가족들이 모를 리 없으니 아직 일이 닥치지 않은 사람들이 와서 합의하자고 하는 것이다.

'진짜 개놈들이네.'

아무리 형사처벌을 제대로 받지 않았다고 해도 그들이 가해자인 것은 변함없다.

경찰과 법원의 말대로 그들이 진짜로 반성했다면 피해자에게 와서, 아니 하다못해 노형진에게 접촉해서 사과하고 그 배상을 하려고 노력해야 한다.

그런데 지금까지는 입 닥치고 조용히 있다가 이쪽에서 공격을 시작하니 반성한답시고 합의하잔다.

'반성한다는 뜻이 아니지.'

아예 신경도 쓰지 않았던 것이다.

그러니 노형진의 말도 곱게 나갈 리 없다.

"합의야 할 수 있지요. 변호사가 하는 일이 그건데요."

"좋아요, 합시다."

"단."

"단?"

"당신들이 권한이 있을 때의 이야기죠."

"뭐요?"

"당신들이 누군 줄 알고 합의합니까?"

"나, 그 애들 부모 대표단이오."

안다. 모를 리 없다.

사건 당시에도 몇 번이나 봤던 사람이니까.

하지만 그때와 지금은 상황이 많이 다르다.

"알죠. 누구신지 제가 왜 모르겠습니까? 그 당시에 경찰서에서도 뵀잖아요."

"그러면서 왜 물어요?"

"그런데 그때는 그 애들이 미성년자였고, 지금은 성인이지 않습니까?"

"그런데?"

"그러니 법적으로 권한이 없으시죠."

입을 쩍 벌리는 부모들.

자신들이 권한이 없다는 생각은 전혀 하지 못했던 것이다.

그런데 사실 맞는 말이기는 하다.

법적으로 성인이 되면 모든 법적인 책임은 어디까지나 본인이 져야 한다.

"그런데 본인은 안 오고 부모가 와서 합의해 달라고 하면 저희로서는 아무래도 합의가 불가능하지요."

노형진이 히죽거리면서 말하자 부모들은 이를 박박 갈았다.

"우리 애들은 아직 어리고……."

"피해자는 더 어렸습니다."

"도대체 그딴 일을 언제까지 울궈먹을 거요!"

결국 화를 내는 부모.

노형진은 그를 보면서 간단하게 말해 줬다.

"죽을 때까지요."

"뭐요?"

"죽을 때까지 울궈먹을 건데요? 간단한 접촉 사고가 나도 목을 잡고 쓰러지는 게 대한민국인데, 이런 건수가 어디 흔합니까? 그러니까 울궈먹을 수 있을 때까지 울궈먹어야지요."

아주 대놓고 말하는 노형진 때문에 화도 내지 못하고 어이가 없다는 표정으로 바라보는 가족들.

　"본인더러 오라고 하세요, 본인."

　노형진은 히죽거리면서 그들의 염장을 질렀지만 그들이 할 수 있는 것은 없었다.

　"합의하신다고요?"

　"네."

　"그래서 반성은 합니까?"

　"반성합니다."

　드디어 본인들이 왔다.

　그들의 눈에는 반성의 기미조차 보이지 않았지만 말이다.

　"합의 안 하면 안 되냐?"

　오죽하면 손채림조차도 합의하기 싫다는 표정으로 노형진에게 물어볼 정도였다.

　"합의? 그게 뭔데?"

　노형진은 모른 척 말했고, 흡족한 표정이 된 손채림은 다시 자세를 잡았다.

　물론 둘이 귓속말을 나눈 것이기 때문에 다른 사람들은 뭐라고 하는지 모른 채로 멍하니 있을 뿐이었지만.

"그래서 합의 조건이 뭐요?"

노형진은 다시 태클을 거는 가족들을 보면서 씩 웃었다.

"합의 못 하겠는데요?"

"네?"

"솔직히 당사자의 정신지체가 의심되는 상황이라서요."

"뭐…… 뭐라고?"

"본인이 오라고 한 건 말 그대로 법적인 책임을 질 나이가 됐기 때문입니다. 그런데 아까부터 보아하니 당사자들은 한마디도 안 하고 부모님이 대신 말하거나 부모님들이 하던 말을 그냥 따라 하는 수준이거든요. 그러면 정신지체를 의심할 수밖에 없습니다. 그러면 법적으로 저희가 합의를 못하죠."

가족들은 화가 머리끝까지 났다.

"전에는 당사자가 오라며!"

"그랬지요. 하지만 그건 당사자가 정신지체가 아니라고 생각했을 때의 이야기지요."

빈정거리면서 말하는 노형진.

"그런데 자기 말도 못 하는 사람이잖아요?"

사실 당연하다면 당연한 거다. 이제 막 성인이 된 것뿐이니까.

아직 정신은 아이일 뿐이다.

더군다나 이런 일을 해 본 적이 있을 리 없다.

당장 어른만 해도 이런 일을 당하면 멘붕이 오는데 그들이 무슨 생각이 있겠는가?

"그러면 우리가……."

"그게 문제가……. 정신지체가 의심되는데 또 정신지체가 아니라고 하시니 저희로서도 섣불리 합의를 못 하겠는데요."

"뭐라고?"

"아무래도 안전하게 하기 위해 진단서 좀 받아다 주시겠어요? 안 그러면 변호사를 사서 보내셔도 되고요."

노형진이 하는 말에 다들 입을 쩍 벌릴 수밖에 없었다.

⚖️

"진짜 너무하시네."

상대방 변호사는 한숨을 쉬면서 노형진의 앞에 앉았다.

"무슨 말씀이신지?"

"거, 같은 변호사끼리 하는 거니 쉽게 갑시다. 그렇게 괴롭혀야 속 시원해요?"

노형진이 피식 웃었다. 사실이기 때문이다.

"상대방 괴롭히기를 모를 정도로 나 바보 아닙니다."

상대방 괴롭히기.

이건 변호사들이 가끔 쓰는 방법이다.

절차상의 꼬투리를 잡아서 계속 무한 반복시키는, 속칭

이것이 법이다

'똥개 훈련'이라 불리는 방법.

상대방은 계속 요구하는 증명서나 서류 같은 걸 가지고 와야 하기 때문에 생계에 영향을 받는다. 그리고 그때마다 정신적 스트레스를 받는다.

그에 반해 변호사야 기다리면 그만이니 손해 보는 건 없다.

보통은 상대방과의 협상에서 우위를 점하고 상대방의 기를 죽이기 위해 쓰는 방법이다.

"그쪽에서는 일단 나한테 전권을 위임했으니까 합의합시다."

상대방 변호사는 서류를 꺼내면서 말했다.

노형진은 위임서를 받아서 살피다가 피식 웃었다.

그러자 상대방 변호사는 불안감에 휩싸였다.

"왜 그럽니까?"

"전권 위임이네요?"

"그래서요?"

"이 의뢰서대로라면 말입니다, 마흔네 명의 합의서를 변호사님이 담당하시는 거죠."

"그렇습니다만."

"그런데 저희는 민사가 마흔네 건이거든요. 그러니까 뭉뚱그려서 한꺼번에 합의하는 게 아니라 개인당 한 건으로 합의해야 합니다. 그런데 이건 그냥 한꺼번에 의뢰한 거네요. 이러면 안 되지요. 사건의 수임은 건당으로 하셔야 하는 거 모르십니까? 이러면 변호사 조례 위반입니다."

"헐."

노형진의 계획을 알아차린 변호사는 순간 숨이 턱 막혔다.

"각 건당 개별 위임 받아 오세요."

"그게 무슨 말인지나 알고 있소?"

"알죠. 그래서 하는 말입니다."

"당신, 정말……."

"고맙지요?"

노형진의 말에 변호사는 머리를 절레절레 흔들었다.

이게 무슨 소리냐면, 마흔네 건당 다 개별 위임받아서 한 건씩 변호사회의 증지를 붙이라고 각각 수임료를 받으라는 뜻이다.

아무래 못해도 건당 수임료가 300만 원이다. 그러니 최저 수임료가 1억 3,200만 원이라는 소리가 된다.

"끄응……."

변호사는 독종에게 걸렸다는 생각에 머리가 지끈거렸다.

⚖

'바글바글하네.'

서울역에 있는 강당은 사람들이 가득했다.

서울역에서는 회의실을 빌려주는데, 그곳에서 수십 명의

사람들이 모여서 합의하기로 했기 때문이다.

중복 의뢰를 받은 사람도 있고 개별 의뢰를 받은 사람도 있지만 어찌 되었건 변호사만 서른 명에 치안 요원과 기타 진행 요원까지 합하니 거의 쉰 명이나 되는 사람들이 모여들었다.

"제대로 열 받은 모양인데?"

손채림은 여기까지 따라온 몇몇 부모들을 보고 피식 웃었다.

그들의 표정에서는 분노가 가득했다. 아마도 당장이라도 때려죽이고 싶은 기분일 것이다.

고의적으로 괴롭히는 거라는 걸 모를 리 없으니까.

"열 받으라고 하는 거야."

애초에 그들 좋으라고, 배상하고 심적인 고통을 덜라고 하는 게 아니었다.

"그나저나 진짜로 합의하러 왔는데 어쩔 거야? 진짜로 할 거야?"

"안 하는 게 아니라 못 하는 거지."

"못 하는 거라고?"

"기다려 봐."

노형진은 웃으면서 단상으로 올라갔다.

"친애하는 변호사 여러분, 그리고 집단 강간 가해자 부모 여러분."

"거, 그 이야기 좀 그만합시다!"

가해자라는 말에 버럭 화를 내는 사람들.

"그러면 뭐라고 하지요? 제가 잘못된 호칭을 썼나요?"

"끄응……."

틀린 말은 아니다.

처벌을 안 받았다는 게 무죄라는 뜻은 아니니까.

그 말을 들은 가족들은 분노했고, 변호사들은 씁쓸한 표정을 지었다.

"다 모였으니 저희의 조건을 말씀드리지요."

"조건?"

"그러고 보니……."

지금까지 절차에 관한 것으로 싸웠지, 협상 조건에 대해서는 전혀 들은 바가 없었다. 그렇기 때문에 다들 신경을 곤두세웠다.

그리고 그다음 말에 다들 극도로 흥분하기 시작했다.

"1억 놓고 1억 받겠습니다."

"뭔 개소리야?"

"지금 야바위라도 하자는 거야, 뭐야?"

"뭐라고!"

"장난해!"

극도로 흥분하는 사람들.

여기저기 날아오는 욕설과 분노에 찬 고함.

그리고 마치 예상했다는 듯 고개를 흔드는 변호사들.

"역시나……."

"만만할 리 없지……."

노형진은 그렇게 욕을 먹으면서 단상에서 싱글싱글 웃고 있었다.

다음 권으로 이어집니다

200평 초대형 24시 만화방

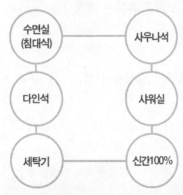

수면실
(침대식) ─── 사우나석

다인석 ─── 샤워실

세탁기 ─── 신간100%

📖 수원 인계동점

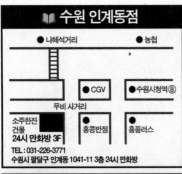

● 나혜석거리　　　● 농협

● CGV　　　● 수원시청역 ⑧

무비 사거리

소주한잔
건물
24시 만화방 3F　홍콩반점　홈플러스

TEL : 031-226-3771
수원시 팔달구 인계동 1041-11 3층 24시 만화방

📖 의정부점

의정부역 ④
⑤　　　　흥선지하도

◀서울방향

● 진성약국

● 던킨도넛츠

24시 만화방
3F

TEL : 031-856-3971
경기도 의정부시 의정부동 197-13 3층

📖 주안점

주안
남부역

◀제물포　　민병철
어학원　　간석동▶

●
25시 만화방 6F

TEL : 032-426-2871
인천광역시 주안남부역 지하상가 4번 출구 GS25시 건물 6층

📖 안양점

● 안양역　　　　육교

◀관악역　　　　　　명학역▶

● 농협
24시 만화방
2F
안양일번가

TEL : 031-466-3771
경기도 안양시 안양동 674-163 죠이당구장건물 2층

김도훈 현대 판타지 장편소설

인챈트로 인생역전!

옷이 안 팔려? 업그레이드하면 되지!
생태계 파괴급 스킬로 패션 시장을 장악하다!

무리한 확장과 경기 불황으로 의류 사업에 실패한 현성
쓴맛을 삼키며 빚뿐인 앞날을 고민하던 그때
물려받은 골동품에서 우연히 얻은 능력, 인챈트!

인챈트에 성공합니다. 티셔츠의 성능이 향상됩니다.

의류, 가죽, 금속! 손에만 걸리면 등급 업!
대기업의 견제와 갑질을 뚫고 승승장구하는 사업!

한국 경제를 뒤흔들 사업가의 등장!
패션계를 다시 쓸 『인챈트』 스토리가 시작된다!

소울
SOUL SYNERGY
시너지

구현 현대 판타지 장편소설

이성과 경험의 정문현, 본능과 감의 이영호
두 영혼의 초월적인 시너지로 불합리한 세상에 맞서다!

무역회사 중역으로 살다가 암 투병 중 사망한 정문현,
목적 없이 살던 고아, 이영호의 몸속으로 들어갔다!
뭐? 둘의 영혼이 저승의 실수로 합쳐진 거라고?

한 개의 영혼, 두 개의 기억
저승사자의 사과 선물로 받은 수상한 인벤토리로
소박해도 좋으니 행복하게만 살자고 다짐하는데⋯⋯

고아원 원장부터 경찰들까지,
나한테 왜 이렇게 갑질을 해 대는 거야?

'평범'을 지향하는 이영호의
세상의 갑질을 향한 기상천외 사이다 원 샷!